U0060841

泰戈爾詩集

Collected Poems of
Rabindranath Tagore

下

泰戈爾 著

糜文開 裴普賢 糜榴麗 譯

目次 ————

園丁集

泰戈爾 著　糜文開、裴普賢 譯

序

沈剛伯

糜文開先生在印度時，曾對印度文學下過一番工夫。他翻譯的泰戈爾《漂鳥集》被人們認為比以前的幾種譯本都好，因而頗為暢銷。現在糜先生已經由一隻漂泊的鳥，變成巢居的鳥，其新夫人裴普賢女士在臺大研究並講授國文多年，對英、日文的文藝作品閱讀亦多。她和糜先生既由文字之交，結為連理，更因琴瑟之樂，而益勤寫作；竟於蜜月中，共將泰戈爾的《園丁集》譯出，作為他們同心合作的象徵，並藉示他們願在繆斯領域中，長做園丁的志趣。這比呂東萊之獨成博議，更為雋雅，真算得為今日的藝林添了一段佳話。

目前自由中國的文人都很忙，大半是公事不知從何忙起，家事不知如何忙完——男的忙於生火、掃地，女的忙於洗衣裳、帶孩子——三餐粗飯剛上口，便又要為明天的柴、米、油、鹽打算，忙著寫點東西去換稿費。在這樣心境中寫出來的作品，怕免不了要多

少帶些酸氣、辣味；若果硬把溫柔敦厚的傳統尺度拿去衡量它，總會覺得有點不大合式，儘管酸刻而不溫柔，辛辣而欠敦厚的詩文並不見得就不好。今日臺灣的文藝可說是大體正在這種「窮而後工」的病態中發展。

然而靡、裴兩位作家確是例外。他們得天獨厚，竟能相互地浸淫於愛和美之中，而摒除一切人世間的煩惱。惟其如此，纔能體驗出泰戈爾所說萬有的愛和美的真諦，因進而翻譯他對於萬有的愛和美的那些讚頌——經過很親切的揣摩，他們的譯筆自然是信而且達了。我不能作詩，更不會譯詩，實在說不出什麼內行話來譽揚兩位的作品。可是我記得泰戈爾曾說過他的詩在百年之後，仍當有人誦讀；我現在希望，並祝福，這譯本的流傳也會如此。

四十六年七月

譯者弁言

這本詩集是泰戈爾躍登世界文壇的成名作。原係孟加拉文，由他自己譯成英文，於一九一二年攜帶出國，遊歷歐美各邦，大受西方人士的歡迎，因而一舉成名。翌年，他更以《頌歌集》榮獲諾貝爾文學獎金，震驚世界。沉悶的歐美文藝界，吸進了這口新鮮的空氣，頓時頭腦清新，激盪出一股新的潮流來。這兩書影響之大，可想而知。因此，這兩本集子，也最值得我們諷誦研究，細加玩味。據泰戈爾自述，《頌歌集》是純粹的宗教詩，而這本《園丁集》是愛和生的抒情詩。

《頌歌集》的迻譯，很費時費力。現在《園丁集》的翻譯工作，得內子普賢的合作，卻很快就完成了。工作開始時，我們隨意挑一篇各據一原本閉門試譯，再一起拿來仔細比較兩人譯筆的得失，擷取兩方的優點，合鑄成一篇較佳的譯作。後來各選自己喜歡的譯，譯成後互相校訂潤飾。而最後剩下難譯的幾篇，則兩人一同來揣摩研究，解決困難，

逐一譯出。這樣興趣很好，不到兩個月，八十五篇全部都譯完。

普賢和我原是臺大文學院的同事，但是我們的認識，卻在沈剛伯先生的家裡，我們的結合，沈夫人是介紹人。《園丁集》的翻譯，是我們婚後第一次的合作，我們恭請沈先生賜撰序文，以留紀念。沈先生在序文中祝福這譯本百年流傳，這是似易而實萬難實現的事，這過高的期望，使我們十分惶恐，不得不把全部譯文再重新推敲一遍，盡其在我，以冀萬一，並誌數語，以表對沈先生闔府的謝忱。

民國四十六年八月文開記於臺北中和鄉

1

侍臣

憐憫你的侍臣吧，女王！

女王

會已開完，我的侍臣們已散，你為什麼來得這樣晚？

侍臣

要你接見別人以後才輪到我。

我來請問，留下了什麼事情，給你最後的侍臣去做。

女王

現在太遲了，你還能希望什麼呢？

侍臣

派我做你花園的園丁。

女王

這是多麼愚蠢啊！

侍臣　我不願幹別種的工作。

我把我的刀槍扔在地下。不要派遣我到遠處的宮庭，不要命令我從事新的征戰。只要求派我做你花園的園丁。

女王　那末你負些什麼責任呢？

侍臣　侍奉你閒暇的時日。

我將使你清晨散步的草徑保持新鮮，在那裡你玉趾的每一腳步都受到繁花的歡迎，受到它們拚命地禮讚歡迎。

我將使你在莎布答巴那樹間盪鞦韆，在那裡，黃昏的早月將掙扎著穿過樹葉來吻你的衣裙。

我將用香油注滿點燃在你牀頭的燈盞，並用檀香和鬱金的軟膏做成奇妙的圖案，來裝飾你的腳凳。

女王

那末你要什麼酬報？

侍臣

容許我握你那嬌嫩如蓮蕾的纖手，把花環戴在你的手腕上；用無憂花瓣的鮮汁塗染你的足掌，而且吻去偶或沾留在那兒的塵土之汙斑。

女王

你的請求我答應了，我的侍臣，你可做我花園的園丁。

你在孤寂的默想中，可曾聽到來世的訊息？

———

2

「啊，詩人！黃昏漸漸臨近了；你的頭髮在轉成灰白。

詩人說：「是黃昏了，我正諦聽著，因為也許有人會從村莊呼喊，雖則天已很晚。

我留意是否年輕的散失之心已相會，兩對熱切的眼，祈求音樂來打破他們的沉默，代他們訴說一番。

假使我坐在生命的海岸上默想死亡與來世，那末，有誰來編製他們熱情的歌曲？」

「黃昏的早星隱沒了。

火葬柴堆的光焰在靜寂的河邊慢慢地熄滅了。

在殘月的清光裡，從荒屋的庭院中傳來豺狼的合唱聲。

假使有個流浪者離開了家來此守望那夜色，低頭諦聽黑暗的喃喃自語聲，假使我關閉著門戶，竟想離開那塵世的羈絆而自求解脫，那末，有誰來向他耳中低語那生命的祕密？」

「我的頭髮轉成灰白，只是小事一件，無足輕重。

我永遠同這村中最年輕的一樣年輕，最年老的一樣年老。

有的人微笑，甜蜜而單純，有的人眼睛裡閃爍著狡黠的目光。

有的人白日裡淚如泉湧，有的人躲在黑地裡吞聲飲泣。

他們都需要我，我無暇去思想來世的一切。

我和每一個人是同年伴，假使我的頭髮灰白了，那算得了什麼一回事？」

3

清晨，我把網撒到海裡去。

從黯黑的深淵，我拖出一些奇異瑰麗的東西——有的像一個明媚的微笑，有的像晶瑩的淚珠的閃耀，有的泛溢著新娘面頰般的紅暈。

當我揹著一天的收穫回家時，我的愛人正坐在花園裡悠閒地撕著一朵花的花瓣兒。

我遲疑了一下，然後把我所有撈獲的東西放到她的腳邊，默默地站在那兒。

她瞥視了一下說：「這是些什麼怪東西？我不知道它們有什麼用處？」

我羞愧得低頭沉思：「這些並不是我去爭鬥來的，也不是從市場上買來的；這些，對於她是不合適的贈禮。」

於是在一夜之間，我把它們一個個地扔到街上去。

早晨，旅客們到來；他們把這些東西撿起帶到遙遠的國度去。

4

啊！為什麼他們把我的房屋建築在通往市場的路邊？

他們把載滿貨物的船隻碇泊在我的樹叢的附近。

他們來來往往，任意游蕩。

我坐在那兒看他們；我的時光就此耗損。

把他們趕走，我做不到，而我的日子就這樣消逝了。

夜晚和白晝，他們的腳步聲在我門旁響著。

我徒然叫喊：「我不認識你們。」

他們之中，有些人我的手指認識，有些我的鼻孔認識，我血管中的血液似乎認識他們，而他們有的卻是我夢幻裡的熟人。

把他們趕走我做不到。我招呼他們，說道：「不論是誰，願意的就到我屋子這兒來吧。是的，來吧！」

清晨，寺院裡響起了鐘聲。

他們手提著筐籃來到了。

他們的兩腳潤紅；臉上映著曦微的晨光。

把他們趕走，我做不到。我招呼他們，說道：「到我的花園來採擷花朵吧。到這兒來吧！」

正午時宮殿的門口響起了銅鑼的聲音。

我不知道為什麼他們放下他們的工作而在我籬邊逡巡。

他們頭髮上的花朵蒼白而枯萎；他們笛子裡發出的音調懶散而低微。

把他們趕走我做不到，我招呼他們，說道：「我這兒的樹蔭很涼爽。來吧，朋友們！」

夜晚，蟋蟀在樹林裡唧唧鳴叫。

那慢步來到我的門前，輕輕叩門的是誰啊？

我模糊地看到他的臉，他一言不發，天空的寂靜籠罩著四周。

把我緘默的來客趕走我做不到，我透過黑暗瞧他的臉，多少酣夢的時刻消逝了。

5

我焦躁，我渴想遙遠的東西。

我的靈魂為熱望碰觸那矇矓遠方的邊緣而出竅。

哦，偉大的遠方，哦，你笛子的熱烈呼喚！

我忘卻，我老是忘卻，我沒有翅膀來飛，我始終被羈留在這個地點。

我熱切，我驚醒，我是一個異域的生客。

你的呼吸對我悄悄地說著一個不可能的希望。

你的言語深獲我心，便像是我自己說的一般。

哦，夢寐求之的遠方，哦，你笛子的熱烈呼喚！

我忘卻，我老是忘卻，我不識路途，我沒有生翼的天馬。

我沒有留意，我是一個在我心中流浪的人。

在陰鬱時刻的晴朗煙霞中，你的多麼廣大的幻影，顯現在天空的一片蔚藍裡！

哦，天涯海角的遠方，哦，你笛子的熱烈呼喚！

我卻，我一向忘卻我獨居之屋裡的門戶處處都關閉著！

6

被飼養的鳥住在籠子裡，自由之鳥住在山林中。

牠們在機緣湊巧的時候相會了，那原是命運的安排。

自由鳥高聲喊叫道：「啊！親愛的，讓我們飛到林中去吧！」

籠中鳥悄聲說：「到此地來，讓我們都住在籠子裡吧！」

自由鳥說：「籠子裡那兒有展翅的餘地？」

「啊呀！」籠中鳥喊道：「在天空裡我不知道那兒是棲身之所？」

自由鳥大聲叫道：「親愛的，唱些森林之歌吧！」

籠中鳥說：「坐在我身邊，我教你一些學者的語言。」

林中鳥喊道：「不，啊不！歌曲是永遠不能教的。」

籠中鳥說：「可憐的我，我是不懂森林之歌的呀！」

牠們的愛情因渴慕而熱切增強，然而牠們卻永不能比翼雙飛。

透過籠子的柵欄，牠們相對凝視，可是想彼此瞭解的願望卻是徒然的。

牠們在熱望中撲動雙翅，唱道：「靠得更近些吧，親愛的！」

自由鳥叫道：「這辦不到，我害怕那籠子上關閉著的門扉。」

籠中鳥悄聲說：「啊呀，我的雙翅無力而僵硬了。」

— 7

哦，母親，年輕王子要打從我們門前經過——今朝我怎能從事於我的工作？

指點我，怎樣梳理我的頭髮；告訴我，穿上什麼新裝。

你為什麼吃驚地瞪著我呀，母親？

我清楚地知道他將不會一顧我的窗子；我知道他將在一轉瞬間便走過我的視線，只

剩那消失的橫笛之曲調，遠遠地向我嗚咽泣訴。

但是年輕王子將打從我們門前經過，就為那一剎那我將穿戴我最好的服飾。

哦，母親，年輕王子已經走過我們的門前，朝陽閃耀了他的車輦。

我把我臉上的面紗掠向一邊，我從頸上拉下我紅寶石的項鍊，拋擲在他要經過的路上。

你為什麼吃驚地瞪著我啊，母親？

我清楚地知道他不曾拾起我的項鍊；我知道項鍊碾碎在他的車輪下，剩下一個紅色汙點在塵埃中，而無人知道我的禮物是什麼，也不知道是送給誰的。

但是年輕王子已經走過我們的門前，而我把我胸前的珠寶拋擲在他經過的路上。

___

8

當燈光在我床頭熄滅時，我和早起的鳥兒一同醒來。

我在蓬鬆的頭髮上戴了新鮮的花冠，坐到我開著的窗口。

在早晨玫瑰色的霧靄裡，年輕的旅客，沿著大路走來。

珍珠項鍊掛在他的頸項上，陽光落在他的皇冠上。他停在我的門前，熱切地高聲問我：「她在那兒？」

為了很怕羞，我難於啟齒說：「她是我，年輕的旅客，她就是我啊。」

時已黃昏，燈盞還未點亮。

我沒精打采地編結著我的髮辮。

在夕陽的紅光中，年輕的旅客，乘著馬車到來。

他的馬匹嘴裡吐著泡沫，他的衣服上撒滿了塵土。

他在我的門口下了車，用一種疲乏的聲音問道：「她在那兒？」

為了很怕羞，我難於啟齒說：「她是我，疲乏的旅客，她就是我啊。」

是一個四月的夜晚，我的房裡點亮了燈。

南來的微風柔和地飄揚，吵鬧的鸚鵡已在籠中瞌睡。

我的胸衣是孔雀頸項的顏色，我的外套有如嫩草般青翠。

我坐在窗口的地板上，凝望著闃無行人的街道。

整個的黑夜，我一直都在低吟：「她是我，失望的旅客，她就是我啊。」

9

當我在夜裡獨自去赴我愛人的約會，鳥兒不鳴，風兒不動；街道兩旁的房屋悄然

靜立。

只有我自己的踝鈴聲一步響似一步，使我自覺羞慚。

當我坐候在我的露臺上諦聽他的足音，林間的樹葉不發蕭蕭之聲，河裡的流水靜止著有如入睡哨兵膝上的寶刀。

只有我自己的心狂跳著——我不知怎樣去平靜它。

當我的愛人到來，坐在我身邊，那時我的身體震顫，我的眼瞼下垂，夜色黯黑而風吹燈滅，雲兒拉上帷幕遮蓋掉星辰。

只有我胸前的珠寶閃耀生光，我不知怎樣去掩蔽它。

—— 10

放下你的工作吧，新娘，聽，客人已經來到了。

你可聽到他不是正在輕輕搖動拴住大門的鎖鏈嗎？

當心不要讓你的腳鐲發出響亮的聲音，你迎迓他的腳步也不要過於急促。

放下你的工作吧，新娘，客人已經在黃昏裡來到了。

不，那不是陰森森的風聲，新娘，不要害怕。

是四月夜晚的滿月；庭院的陰影是暗淡的；頭上的天空是晴朗的。

把面紗蒙在你的臉上吧，如果你一定要那樣做；把燈盞帶到門口去吧，如果你害怕。

不，那不是陰森森的風聲，新娘，不要害怕。

假如你害羞，就不要同他講話吧。

當你手持燈盞引他進來時，不要讓你的手鐲玎玎璫璫。

如果他問你問題，而你願意緘默的話，就不妨默默垂下你的眼睛。

如果你怕羞，就不要同他講話吧；當你迎接他時，站在門的一邊好了。

你還沒完成你的工作嗎，新娘？聽，客人已經來到了。

你還沒點亮牛棚裡的燈盞嗎？

你還沒準備好晚禱時奉獻的花籃嗎？

你還沒在你頭髮的分梳處塗上吉祥紅點嗎？你的晚粧還沒停當嗎？

啊！新娘，你可聽到客人已經夾到了嗎？

放下你的工作吧！

—— *11*

當你前來，請勿滯留在你的梳妝臺上。

假使你的髮辮鬆散了；假使你分髮的路沒有分直；假使你胸衣上的緞帶沒有繫住，都沒有關係。

當你前來，請勿滯留在你的梳妝臺上。

來吧，用快步越過那草地。

假使你腳上的硃紅因露濕而褪色；假使你踝鈴的聲音不響亮了；假使你項鍊上的珠子脫落了，都沒有關係。

來吧，用快步越過那草地。

你看到那雲靄遮蔽了天空嗎？

鶴群從遠處的河岸飛起，突發的狂風偷襲過荒地。

焦急的牛群奔向牠們村中的牛棚。

你看到那雲霾遮蔽了天空嗎？

你點燃你梳妝臺的燈也徒然——牠在風中搖曳熄滅了。

誰能知道你眼瞼上不曾碰到燈煤呢？因為你的眼睛比雨雲還黑。

你點燃你梳妝臺的燈也徒然——牠熄滅了。

就照你這樣來吧，請勿滯留在你的梳妝臺上。

假使花環還沒有編成，有誰在意呢？假使腕鍊還沒有繫上，那就算了。

天空滿布雲霾——時間已遲了。

就照你這樣來吧；請勿滯留在你的梳妝臺上。

12

如果你願意忙碌，願意灌滿你的水壺，來吧，啊，到我的湖邊來吧。

湖水將親切地偎依在你的腳邊，潺潺地訴說牠的祕密。

欲雨的陰暗籠罩著沙灘，雲層低壓在一排青碧的樹木上，正如眉毛上面覆蓋濃重的頭髮。

我很熟悉你腳步的韻律，牠們在我心坎上拍奏。

來吧，啊，到我的湖邊來吧，如果你一定要灌滿你的水壺。

如果你願意偷懶閒坐，並且讓你的水壺在水上漂浮，來吧，啊，到我的湖邊來吧

草坡一片碧綠，野花無數。

你的思想將似鳥兒離巢般從你烏溜溜的眸子裡逸出

你的面紗將落到你的腳邊。

來吧，啊，到我的湖邊來吧，如果你一定要閒坐。

如果你願意丟下你的遊戲，願意在水裡潛游，來吧，啊，到我的湖邊來吧。

把你藍色的斗篷留在湖畔吧；碧綠的湖水將掩藏起你。

波浪將踮起腳尖兒去吻你的頸項，在你耳邊悄聲細語。

來吧，啊，到我的湖邊來吧，如果你願意在水裡潛游。

如果你一定要瘋瘋癲癲，一定要躍向死亡，來吧，啊，到我的湖邊來吧。

湖水冰涼而深不可測。

湖水黑暗像無夢的酣眠。

在湖水的深處，晝夜不分，歌曲就是沉默。

來吧，啊，到我的湖邊來吧，如果你願意投水自盡。

— 13

我無所要求，就只願站在那兒，站在森林邊緣的樹後面。

黎明的倦眼猶自惺忪，空氣中仍含朝露。

濕草的懶意，懸留在地面上的薄霧中。

在菩提樹下，你用你的柔軟鮮艷如白脫油般的手擠那母牛的乳。

而我兀自站在那兒。

我默不作聲，從林藪傳來看不見的鳥兒之清音。

芒果樹的花兒向村路上飄落，一隻隻的蜜蜂嗡嗡地飛來。

在池塘邊自在天寺的大門敞開著，禮拜者開始了他的諷誦。

你將盆兒放在膝頭張著擠牛乳。

我拿著空罐站在那兒。

我沒有走近你。

廟裡的鑼聲驚醒了天宇。

大路上塵土飛揚，起自被驅牧群的牛蹄。

水聲汩汩的水壺靠在臀部，婦女們自河邊歸來。

你的手鐲兒玎璫，泡沫溢出牛乳瓶外。

清晨將度過，而我沒有走近你。

─ *14*

中午已過，竹枝在風中沙沙作響，我躑躅在路旁，不知道為了什麼。

前俯的樹影伸出手臂捉住匆促日光的雙足。

布穀鳥唱厭了牠們的歌曲。

我躑躅路旁，不知道為了什麼。

懸垂的大樹，蔭蔽著水邊的茅舍。

有個人在忙著她的工作，她的手鐲在角落裡奏出音樂來。

我站立在茅舍的門前，不知道為了什麼。

曲折的小徑，通過許多塊芥菜田，許多個芒果林。

它經過村子裡的寺院，碼頭上的市集。

我停留在茅舍的旁邊，不知道為了什麼。

那是多年前，微風飄拂的三月天，春的細語是慵倦的，芒果花正掉落在塵土上。

粼粼的水波急盪，水花舐吻著放在河畔踏級上的銅壺。

我懷念那微風飄拂的三月天，不知道為了什麼。

黑影漸濃，牛羊也回到牠們的欄裡去了。

孤寂的牧場上暮色蒼茫，村裡的人正在岸邊等候渡船。

我慢慢地踱回我的腳步，不知道為了什麼。

我飛馳著像一隻麝鹿，因自己的香氣而瘋狂，飛馳於森林的陰影裡。

夜是五月中旬的良夜，風是從南方來的薰風。

我迷途，我漫遊，我尋覓的東西我不能獲得，我獲得的非我所尋覓。

我想緊緊地握住它，它卻避開我，引我入迷途。

我尋覓的東西我不能獲得；我獲得的非我所尋覓。

那閃爍的幻象飛翔著。

我自己慾望的肖像從我心頭出來舞蹈。

手挽著手，凝眸相視：如此開始了我們心聲的記錄。

那是三月裡的月明之夜；空氣裡飄蕩著指甲花的芬芳馥郁；我的橫笛被遺忘在地

泰戈爾詩集　312

上，你的花環還沒編好。

你我之間的這種愛情，單純似一支歌曲。

你的鬱金色的面紗使我兩眼迷醉。

你為我編的素馨花環像讚美詞似的使我意亂神迷。

那是一種欲予故奪，欲露而故藏的遊戲；一些微笑，一些輕微的羞怯，還有一些甜蜜的無用的掙扎。

你我之間的這種愛情，單純似一支歌曲。

沒有超越現實的神祕；沒有對不可能的事物的強求；沒有藏在魅力背後的陰影；也沒有在黑暗深處的摸索。

你我之間的這種愛情，單純似一支歌曲。

我們並不離棄一切語言而走入永遠緘默的歧途；我們並不向空虛伸手，去探求超乎希望的事物。

我們所付出的和所獲得的已經足夠。

我們不曾歡樂過度，不致從歡樂中榨出痛苦的醇酒。

你我之間的這種愛情，單純似一支歌曲。

17

黃鳥在樹上唱歌，使我心愉快而舞蹈。

我倆同村而居，這便是我們的一項歡喜。

她寵愛的一對小羊來到我們花園裡樹蔭下吃草。

假使小羊闖入我們的大麥田，我就把它們雙手抱起。

我們村莊的名字叫坎伽那，我們的河被稱為安伽那

我的名字全村都知道，她的芳名叫蘭伽娜。

我倆之間只隔著一塊田地。

蜜蜂營巢於我們的樹林裡，飛到她們那邊去採蜜。

她們河埠上扔下的花朵，漂浮到我們沐浴的河邊來。

一籃籃乾的古斯姆花從她們的田裡，送到我們的市場上來。

我們村莊的名字叫坎伽那，我們的河被稱為安伽那。

我的名字全村都知道，她的芳名叫蘭伽娜。

通達她屋子彎彎曲曲的小巷，春天有芒果花的芬芳。

當亞麻子在她們的田裡成熟而收穫，大麻在我們的田裡開花。

她們屋頂上的星星微笑著，送給我們同樣一閃閃的眼光。

雨水漲滿了她們的池塘，也愉悅了我們的迦達姆樹林。

我們村莊的名字叫坎伽那，我們的河被稱為安伽那。

我的名字全村都知道，她的芳名叫蘭伽娜。

—
1
8

當姊妹倆去汲水時，她們來到這個地方就微笑了。

她們一定覺察到了⋯每逢她們去汲水，總有個人站在樹木的後方。

當她們經過這個地方，姊妹倆竊竊私語。

她們一定猜到了那個人的祕密，每逢她們去汲水時，他總是站在樹木的後方。

她們的水壺突然傾斜，壺裡的水往外流瀉，當她們來到這個地方。

她們一定發覺那個人在心跳，每逢她們去汲水時，他總是站在樹木的後方。

姊妹倆相視而笑，當她們來到這個地方。

在她們輕捷的腳步裡有一種使那人心迷意亂的歡笑；每逢她們去汲水時，他總是站在樹木的後方。

─ *19*

你抱著裝滿的水壺在你的臀上，走過河邊的小徑。

你為什麼迅捷地轉過臉來，透過飄揚的面紗窺視我？

你從黑暗中投到我身上的閃耀的顧盼，像微風透過粼粼水波，送來一陣顫抖而又把牠吹向蔭翳的岸邊。

你投到我身上的顧盼，像黃昏時的飛鳥急速地穿過無燈的房間，從一個開著的窗子

進去，從另一窗子飛出，而消失在黑夜裡。

你隱藏著，像星星之在山嶺後面，而我是路上的一個過客。

但是為什麼你停留片刻，透過面紗瞥視我，當你抱著裝滿的水壺在你臀上，走過河

邊的小徑？

—— 20

日復一日，他來了又去了。

去吧，朋友，從我的鬢髮上摘下一朵花兒去送給他吧。

如果他問贈者是誰，我懇求你不要告訴他我的名字——因為他只不過是來了又去了。

他坐在樹下的塵土裡。

我的朋友，用花和葉在那兒鋪個坐墊吧。

他的眼神是悲哀的，也給我帶來了悲哀。

他並不訴說他的心事，他只不過來了又去了。

21

在天剛破曉的時候，這個流浪的年輕人，為什麼偏來到我的門口呢？

當我出出進進，每次打他身邊經過時，我的眼睛總被他的面孔吸住。

我不知道是應該同他講話呢，還是保持緘默，為什麼他偏偏來到我的門口呢？

我放下我的工作而我的眼睛模糊不清，為什麼他偏來到我的門口呢？

七月裡陰沉的夜是黑暗的；秋空的藍色是柔和的；南風薰人的春日是搖神蕩魄的。

每次，他都是用新穎的調子編織他的歌曲。

22

當她快步從我身邊經過時，她的衣裙的邊緣碰觸了我。

從一個心靈的無名島上，吹來一股突如其來的春天裡溫暖的氣息。

衣裙疾速碰觸的飄動拂拭著我，而轉瞬即逝，彷彿那撕碎的花瓣飄蕩在微風裡。

這飄忽的碰觸落在我的心上，彷彿是她肉體的歎息，彷彿是她心靈的低訴。

泰戈爾詩集　318

— 23

為什麼你只是悠閒地坐在那兒，弄得你的手鐲玎璫作響呢？

灌滿你的水壺吧，是你回家的時候了。

為什麼你只是悠閒地雙手攪動著河水，時而瞥視大路上的什麼人？

灌滿你的水壺來吧。

早上的辰光逝去——黝黑的河水奔流不已。

波浪只是悠閒地喧笑著，又竊竊私語。

在那丘陵的彼方，浮雲已聚集在天邊了。

浮雲徘徊留連，只是悠閒地望著你的臉微笑。

灌滿你的水壺回家吧。

24

朋友！不要守住你內心的祕密。

悄悄地告訴我吧，只告訴我一個人。

你，那麼溫和的微笑，輕柔的低語，我的心會聽到，而不是我的耳朵。

夜深了，屋子靜寂，鳥巢也籠罩著睡意。

透過欲泣猶止的眼淚，透過躊躇不決的微笑，透過甜蜜的羞怯和痛苦，把你心中的

祕密告訴我，告訴我吧！朋友。

———

25

「年輕人，到我們這兒來，老老實實地告訴我們，為什麼你眼睛的神態，露著瘋狂？」

「我不知道我喝了一種什麼野罌粟花的酒，使得我的眼睛露著瘋狂。」

「啊！真丟人！」

「噢！有些人是聰明的，有些人是愚蠢的，有些人是謹慎的，有些卻是粗心大意的。

有些眼睛微笑，有些眼睛流淚——而在我的眼睛裡卻是瘋狂。」

「年輕人，為什麼你一動也不動地站在樹蔭裡？」

「我心裡的重擔使得我的雙腳疲憊，所以我就一動也不動地站在樹蔭裡。」

「啊！真丟人！」

「噢！有些人邁步前進，有些卻徘徊逡巡，有些人自由自在，有些卻被囚禁——而我的雙腳，就因心裡的重擔，覺得步履艱難。」

—— 26

「我接受你自己樂於施捨的，我別無他求。」

「是的，是的，我懂得你，謙遜的乞者，你要求的是人家所有的一切。」

「假使有一朵飄零的落花給我，我將把它戴在我的心上。」

「但是，假使那兒有刺呢？」

「我就忍受。」

「是的，是的，我懂得你，謙遜的乞者，你要求的是人家所有的一切。」

「假使你抬起愛的眼睛看我的臉，那怕只是一次，也將會使我生命甜蜜而置死亡於度外。」

「但是，假使只有些殘酷的眼色呢？」

「我就留著牠們刺穿我的心。」

「是的，是的，我懂得你，謙遜的乞者，你要求的是人家所有的一切。」

—— 27

「相信愛情吧，縱然牠會給你帶來悲辛，不要關上你的心扉。」

「啊不，我的朋友，你的話太曖昧，我不能懂得。」

「我的愛人！心就只是為了帶給別人一滴眼淚，一支歌曲的啊。」

「啊不，我的朋友，你的話太曖昧，我不能懂得。」

「歡樂脆弱得像一顆露珠，當牠笑時牠即死去。然而悲辛卻強韌而堅毅。讓悲辛的愛情在你眼裡清醒！」

「啊不，我的朋友，你的話太曖昧，我不能懂得。」

「蓮花在太陽的青睞中開放，因而失去牠所有的一切。於是，就不會留在無盡的冬日之霧裡含苞待放了。」

「啊不，我的朋友，你的話太曖昧，我不能懂得。」

― 28

你那探詢的眼睛是悲哀的。牠們想瞭解我的意思，正如月亮之想探測大海的深度。

我已經把我的生活從頭到尾祖露在你眼前，毫無隱蔽，毫無保留。這就是你不瞭解我的緣故。

假使牠只是一塊寶石，我就能把牠剖成一百顆，串成項鍊，戴在你的脖子上。

假使牠只是一朵花，渾圓，玲瓏而又芳香，我就能把牠從花莖上摘下來插在你的頭髮上。

然而，牠是一顆心啊，我的心愛的，那兒是牠的邊兒，那兒是牠的底兒呢？

你不知道這個王國的疆界，可是你仍然是這個王國的皇后。

假使牠只是片刻的歡樂，牠就會在輕盈一笑中綻成花朵，而你就能在這剎那間，看到牠，領會牠。

假使牠僅僅是一種苦痛，牠就會融化成晶瑩的淚水，不用說一句話就能反映出最隱閉的祕密。

然而，牠是愛情啊，我的親愛的。

牠的歡樂和痛苦是無限的，牠的貧乏和富裕是無盡的。

牠像你的生命一般貼近你，但你卻永遠不能完全瞭解牠。

— 29

對我說吧，我的愛人！把你所唱的用言語告訴我吧。

夜是黑暗的。星星被隱沒在雲層裡。風在樹葉間呼嘯著。

我要讓我的頭髮披散。我的藍色斗篷像黑夜似地把我團團圍住。我要把你的頭抱到我的口；而你就在這甜美的孤寂裡，喃喃訴說你的心事，我會閉目聆聽。我決不凝

視你的臉孔。

當你的話說完了，我們就默然靜坐。只有樹木將在黑暗中耳語。

夜將泛白，天就要破曉。我們將凝眸相視，然後分道揚鑣。

對我說吧，我的愛人！把你所唱的用言語告訴我吧。

──30──

你是我夢幻的天空中飄浮著的晚霞。

我永遠用愛的渴望來描繪和塑造你的形象。

我無窮夢幻中的居住者啊！你是我的心肝，我的心肝啊！

我夕陽之歌的搜集者啊！你的雙足因我心頭欲望的霞光而紅潤。

你的嘴唇因我的痛苦之酒的味道而甜中帶苦。

我孤寂的夢幻中的居住者啊！你是我的心肝，我的心肝啊！

常出沒在我凝眸睇視中的人兒啊，我已用我熱情的陰影遮黑了你的眼睛！

我愛!我已經用音樂之網逮住了你,裹住了你!

我不朽的夢幻中的居住者啊!你是我的心肝,我的心肝啊!

31

我的心是荒野之鳥,在你的雙眸中找到了牠的天空。

牠們是清晨之搖籃,牠們是星星的王國。

我的歌曲消失在牠們的深淵。

讓我只在那天空翱翔,在那天空的孤寂無垠中。

讓我只撥開那天空裡的雲霧,在日光之中展翼翱翔。

32

告訴我這個是否完全真的,我的愛人,告訴我是否真的‥

當我的眼睛閃爍出電光,你胸中的烏雲就報之以風暴。

我的嘴唇是否真的像第一次意識到的愛情花苞初放時那麼甜蜜

是否那逝去的五月之記憶竟還在我手足之間縈繫?

是否我的雙足碰觸大地時，大地竟為之震動得像豎琴般奏出牠的樂歌？

那麼，當黑夜看到我便眼裡落下露珠，晨光圍住了我的身體就歡欣喜悅，這可也是真的？

你的愛情歷盡千年萬代走遍天涯海角來尋找我，這是真的？這可是真的？

那是真的嗎？當你終於找到了我，你那年深月久的熱情就在我溫柔的言談，眼睛，嘴唇和飄散的頭髮裡找到了完滿的安寧？

那麼，宇宙的奧祕就寫在我那渺小的額角上，可也是真的？

告訴我，吾愛，這一切可都是真的？

— 33

心愛的人兒我愛你，請原諒我的愛情吧。

我像一隻迷失方向的鳥兒，墮入了情網！

當我的心在被震動時，就失落了牠的面紗而袒露無遺。用憐憫蓋住牠，心愛的人兒，

並且原諒我的愛情吧。

假使你不能愛我，心愛的人兒，那末就原諒我的痛苦吧。

不要遠遠地對我端詳。

我要悄悄地溜回我的角落，坐在黑暗裡。

我要用雙手遮蓋我赤裸的羞恥。

轉過臉去吧，心愛的人兒，而且原諒我的痛苦吧。

假使你愛我，心愛的人兒，就原諒我的喜悅吧。

當我的心被幸福的浪潮捲走時，不要嘲笑我危險的放肆吧。

當我坐上我的寶座，用愛情的專制統御你，當我像個女神般賜給你我的寵愛時，心愛的人兒，容忍我的驕傲，而且原諒我的喜悅吧。

不要離開，我愛，沒有得到我的同意請不要離開。

我已看守了整夜，而今我的雙眼因睏倦而沉重。

我不敢熟睡，唯恐在睡熟時失去了你。

不要離開，我愛，沒有得到我的同意請不要離開。

我驚跳起來，伸手去摸觸你，我自問：「莫非是夢嗎？」

但願我能用我的心纏住你的雙腳，把牠們緊緊擁在我的胸前！

不要離開，我愛，沒有得到我的同意請不要離開！

— 3
5

唯恐我太不費事地就懂得了你：所以你故意逗弄我。

你用笑的閃爍來迷眩我，以掩飾你的眼淚。

我知道，我知道你玩的遊戲：

你從來不說出你想說的。

唯恐我不珍愛你，你就千方百計地規避我。

唯恐我把你同群眾混淆：你就站到一邊。

我知道，我知道你玩的遊戲：

你從來不走你想走的路子。

你的要求多過他人，這就是你所以緘默的緣故。

你用玩笑的方式，漫不經心的神情迴避了我的禮物。

我知道，我知道你玩的遊戲：

你從來不接受你想接受的東西。

36

他低聲悄語：「我的愛人，抬起你的眼睛來！」

我嚴厲地呵斥他，我說：「走開！」但他絲毫不動。

他站在我的面前，握住我的雙手。我說：「離開我！」然而他就是不走。

他把臉湊近我的耳朵。我白了他一眼，我說：「真不害臊！」但他並不挪動。

他的嘴唇碰觸我的面頰，我發抖了，我說：「你太放肆了」；但他並不覺得可羞。

他插了一朵花在我的頭髮上，我說：「這是沒有用的」，但他就是站在那兒一動也不動。

他從我的頸項上拿了花環離我而去，我哭泣著捫心自問：「他為什麼不回來呢？」

—— 37

美人兒，把你那鮮花環套在我的頸子上好嗎？

但是你必須知道那個我所編織的花環是為許多人而編的：為那些只在剎那間見得到的人們，那些住在未開發的處女地上的人們，那些生活在詩人的頌歌中的人們。

要求我的心去報答你的，那是太晚了。

曾經有一時期，我的生命像蓓蕾，所有的芳香，都貯藏在核心裡。

可是如今已散布得既遠且廣了。

誰會一種可以把牠重新聚集並封藏起來的魔法呢？

我的心，不是我自己的，我的心是要獻給許多人的。

38

我的愛人，從前你詩人的心湖裡曾航行著一首偉大的史詩。

啊！我一不小心，使牠碰撞了你玎璫的腳鐲，以致落了個不幸的結局。

牠破碎成零亂殘缺的歌曲，散落在你的腳邊。

我所載運的一切古代戰爭的故事，都被那嘩笑的波浪衝激震蕩，浸透了淚水而沉沒了。

你必須賠償我這損失，我的愛人！

假使我對死後流芳萬世的希望是破滅了，那你就使我在活著的時候不朽吧。

那樣我就不惋惜我的損失也不譴責你了。

39

我整個早上，想要編織一個花環，可是花朵溜滑而紛紛脫落。

你坐在那兒，透過你窺探的眼角偷偷地瞅著我。

問問這對在暗中出壞主意的眸子吧，這到底是誰的過失？

我想唱一支歌，可是唱不成。

一個隱約的微笑在你的唇上顫震，問問牠，我失敗的原因吧。

讓你微笑的嘴唇發誓說：我的聲音如何隱沒在靜默裡，——正如陶醉的蜜蜂隱沒在蓮花裡。

黃昏了，是繁花合攏花瓣的時候了。

允許我坐在你的身邊，並命令我的嘴唇去做在靜默中朦朧的星光下所能做的事吧。

—— 40

當我來向你告別時，一絲懷疑的微笑掠過你的眼睛。

我已經慣常向你告別，所以你認為我不久就回來的。

說實在的，我的心裡也有同樣的懷疑。

因為：一次次春天去了會再來；滿月虧了會再圓；年復一年，花兒謝了也會再開。

那末，我的向你告別也好像只是為了再回到你的身邊來。

但暫時保留這幻想吧，不要粗率地把牠匆匆送走。

當我向你說要永遠離開你時，就把牠當作真話吧，也好讓那迷濛的淚水暫時使你的眼圈更加紅潤。

那末，當我回來時，你再隨心所欲地調笑吧。

我渴望說出那些必須向你傾訴的深情；可是我不敢，因為怕你會笑我。

這就是為什麼我嘲笑自己而玩笑似地損毀我的祕密。

我看輕我的痛苦，因為恐怕你會如此。

我渴望著告訴你那些必須向你傾訴的心曲；可是我不敢，怕你不相信這些話。

這就是為什麼我用謊話來掩飾真意，而說些和本意相違的言詞。

我使我的痛苦顯得荒誕無稽，因為恐怕你會如此。

我渴望把我要對你說的用最高貴的言語說出；可是我不敢，怕的是你不用同等價值的話來回答我。

這就是為什麼我用一些惡名稱呼你，而誇張我冷酷的力量。

我傷你的心，為的是怕你永不懂任何痛苦。

我渴望默坐在你身邊；可是我不敢，生怕我的舌頭會洩露我心裡的情感。

這就是為什麼我喋喋不休信口雌黃，把我的心隱藏在言語的後面。

我粗暴地對待我的痛苦，因為恐怕是你會如此。

我渴望從你身邊逃脫，可是我不敢，因為怕我的怯懦會被你察覺。

這就是為什麼我趾高氣揚而且滿不在乎地來到你的面前。

你那目光不斷地對我刺射，使我的痛苦常新。

— 42

啊！瘋狂了，酩酊大醉了；

假使你踢開大門在大庭廣眾之中裝傻逗樂；

假使你輕視節儉在一夜之間使得囊空如洗；

假使你在奇妙的幽徑上漫步，玩賞一些無用的東西；

你既不注意韻律也不講求條理；

假使你在暴風中揚帆啟航，卻把船舵折成兩半，

那末，我就學你的樣，同志，喝得爛醉而趨向墮落。

我為陪伴一些穩健聰明的鄰人而浪費了我許多日和夜。

孜孜不倦地研讀使我的頭髮灰白，細心的觀察使我的視力衰退。

多年來我搜羅了聚積了不少殘缺的篇章：

我把牠們撕碎踐踏，我把牠們散布到風中吹得無影無蹤。

因為我知道智慧的登峰造極就是爛醉而趨向墮落。

讓所有不正當的顧慮消失，讓我絕望地迷了我的路途。

讓一陣旋轉的狂風刮來把我從碇泊的地方疾捲而去。

這世界居住著些尊貴的人，一些工作者——他們聰明而又能幹。

有些人很容易地出人頭地，而有些人安分地甘居人後。

讓他們幸福而昌盛，讓我的傻幹無功。

因為我知道，一切的結局就是爛醉而趨於墮落。

我發誓要在此刻把所有的要求聽任體面的上流人物發落。

我放棄那淵博學識的自豪和那明辨是非的驕傲。

我要打破那記憶的瓶子，灑掉我最後一滴眼淚。

我要用漿果紅的美酒泡沫，滋潤激發我的歡笑。

此刻我把這文明而又端莊的標誌撕成粉碎。

我要立下神聖的誓約：我要變得一文不值，爛醉而趨於墮落。

——43

不，我的朋友，不管你怎麼說，我將永不成為一個苦行者。

我將永不成為一個苦行者，假使她不和我一起發誓。

那是我堅決的意志，假使我不能找到一個蔭蔽的庇護所，和一個苦行的伴侶，我將

永不成為苦行者。

不，我的朋友，我將永不離開我的鍋灶和家庭而退隱到森林獨居，假使歡樂的笑聲不蕩漾在回響的林蔭裡，假使在風中沒有番紅色斗篷的飄颺，假使森林的靜寂不由柔聲細語所加深。

我將永不成為一個苦行者。

—— 4 4

令人尊敬的先生，饒恕這對罪人吧，春風如今正在狂野地疾捲，捲走了塵土，捲走了枯葉，而你的訓誡也隨著塵土和枯葉消失了。

神父，可別說人生是虛幻的。

因為我們曾一度和死亡休戰，我們倆只是在幾個芬芳的時辰裡得到永生。

即使是國王的軍隊來猛烈地攻擊我們，我們也要悲哀地搖搖我們的頭說：兄弟們，你們在騷擾我們了。假使你們一定要玩這吵鬧的遊戲，就到別處去動你們的干戈吧，

因為我們只是在短暫的瞬間得到了永生。

假使是友善的人們把我們團團圍住，我們也會謙遜地向他們鞠躬，說：這種過分的好運氣，對我們是一種困窘。我們所居住的無極的天空裡是沒有多少空餘的。因為在春天的時光裡，繁花叢開，蜜蜂忙碌的翅翼相互碰觸。我們這小小的天國，只住著我們兩個永生者的天國，狹隘得太可笑了啊。

—— 45

祝福那些必須走的客人一路平安，抹掉他們所有的腳印吧。

帶著微笑把一切平易、單純和親切的事物抱在你的懷裡吧。

今天是幽靈的節日，那些幽靈不知何時喪生。

讓你的歡笑只是一種無意義的愉快吧，有如那漣漪上閃耀的波光。

讓你的生命輕盈地在時間的邊緣上跳舞吧，有如那樹葉尖端的露水。

按著你那生硬斷續而瞬逝的韻律，彈奏你的琴絃吧。

—— 46

你丟下我就走了。

我想我應該為你哀傷，應該在我那黃金之歌曲譜成的心裡安置你孤獨的肖像。

但是，我不幸的命運，時光是短促的啊！

青春年復一年的消逝；春天的日子是溜走了；嬌弱的花朵無端凋謝。聰明的人警告

我：生命僅只是蓮葉上的一顆露珠。

難道我應該忽視這一切，而去對一個不理睬我的人凝眸而望？

那真是鹵莽而愚蠢了，因為時光是短促的啊！

那末，來吧，我的多雨的夜晚，你帶著淅瀝的腳步來吧；微笑吧，我的金黃色的秋

日；來吧，什麼都不介意的四月，散布你的香吻，到各方去吧。

你來吧，還有你，還有你也來吧！

我的愛人們，你們知道我們都是總有一死的凡人，難道為一個取去她的心的人而柔

腸寸斷是聰明的嗎？因為時光是短促的啊！

坐在角落裡默想你是我整個的天地，並且寫成鏗鏘的詩篇，那是甜美的事。

懷抱著個人的憂傷而決心不接受任何人的安慰，那是英雄的氣概。

可是在我的門口出現了一張新鮮的臉，他抬頭和我四目相對了。

我不得不拭去我的眼淚，更換我的曲調了。

因為時光是短促的啊！

47

假使你的意思要這樣，我就結束我的歌唱。

假使我的呆望使你心煩，我就從你臉上將我的視線移開。

假使我在你的小路上使你驟然吃驚，我就走在一邊，取道另一小徑。

假使在你編織花朵時我給了你擾亂，我就避開你那孤寂的花園。

假使這樣河水會撒野而放蕩，我就不把我的小船划進你的堤塘。

48

把我從你那溫柔鄉的束縛中解放吧，我的愛人！不要再給我灌一些香吻的迷湯了。

這濃重的薰香之霧，窒息了我的心。

打開門扉，迎接晨光入室吧！

我被你用愛撫的包袱裹住而銷魂蝕骨了。

把我從你的魅惑中解放吧，還給我男子氣概，讓我奉獻給你一顆自由之心吧！

我握著她的雙手，把她緊壓在我的胸口。

我想以她的美麗來豐富我的雙臂，以接吻掠奪她的甜笑，以我的眼睛去暢飲她那曖昧的顧盼。

啊！可是，她在那兒呢？誰能掠奪天空的蔚藍呢？

我想抓住美麗；但牠躲避了我，只留下軀殼在我手裡。

我挫敗，我疲乏，我回來了。

軀殼怎能接觸那只有靈魂可以接觸的花朵呢？

親愛的，我的心日夜地渴望著同你相會——因為這相會像能吞滅一切的死亡。

如同一陣狂風似地把我捲走，；拿去我所有的物件。破碎我的睡眠，奪去我的夢，劫

走我整個的世界。

在這浩劫中，在這精神的完全裸露中，讓我們在美麗中融合為一體吧！

我的枉費的願望啊！除了在你那兒，何處是融合為一的希望呢？我的上帝！

—— 51

那末，唱完最後一支歌，讓我們離開吧。

當不再有夜的時候，忘掉這一夜吧。

我想擁抱在兩臂中的人兒是誰呢？夢是永遠捕捉不住的啊！

我熱切的雙手把空虛擁抱到我的心頭，而牠損傷了我的胸膛。

—— 52

為什麼燈盞熄滅了？

我用斗篷把牠遮住，免被風吹，這就是為什麼燈盞會熄滅！

為什麼花朵枯萎了?

我用熱切的愛把牠緊擁向我的心頭,這就是為什麼花朵會枯萎!

為什麼河流乾涸了?

我橫跨著築了個堤壩以便我用,這就是為什麼河流會乾涸!

為什麼琴絃繃斷了?

我硬要彈出一個絃索不能勝任的音調,這就是為什麼琴絃會繃斷!

你為什麼使一個眼色令我蒙受羞辱?

我並沒有像個乞丐一樣闖上門來。

我只是在你的花園籬笆外庭院的盡頭站了一會兒罷了。

為什麼你使一個眼色令我蒙受羞辱?

我沒有從你花園裡採擷一朵玫瑰花，摘下一隻水果。

我謙遜地在路邊的樹蔭下尋求我的庇護，那每個陌生的旅客都可駐足的地方。

我並沒採擷一朵玫瑰花啊。

雲馳過天空正如從敗亡中逃走。

風在搖擺著的竹枝中叫嘯。

是的，我的兩腳已疲乏，驟雨又傾盆而下。

我的兩腳已疲乏。

我不知道你對我想些什麼。

我怎能知道你還能看得見站在黑暗中的我呢？

電光的閃爍迷眩了你守望的眼睛。

我並不知道你對我想些什麼，也不知道你站在門口等待著什麼人。

這一天是結束了，雨已停了一會兒了。

我離開你花園盡頭的樹蔭，離開我原先草地上的那個座位。

天黑下來了；關上你的門；我走我的路。

這一天便完了。

— 54

在這樣的深晚，市場已經收市了，你提著籃子匆匆忙忙地往那兒去呢？

他們都已背負著重擔回家了；而月亮從村樹的上方往下窺視。

呼喊渡船的回音越過黑暗的水面，飄向遠遠的野鴨睡眠的沼澤地帶。

市場已經收市了，你提著籃子匆匆忙忙地往那兒去呢？

睡神把她的手指放在大地的眼睛上了。

烏鴉的窩巢已寂然無聲，竹葉的悉索也已靜止。

從田野歸來的勞動者們在庭院裡鋪開了蓆子。

市場已經收市了，你提著籃子匆匆忙忙地往那兒去呢？

55

當你去時，日正當中。

天空裡的太陽是酷熱的。

當你去時我已做好了我的工作，而獨坐在我的陽臺上。

鴿子在樹蔭下不倦地咕咕啼叫，一隻闖進我房裡來的蜜蜂，嗡嗡地訴說遠方田地的消息。

忽起忽止的狂風穿過若干遠方田地的芳香，飄揚過來。

村莊在正午的燠熱裡沉入睡鄉，大路被遺棄地橫陳在那兒。

在偶發的激動中，樹葉的沙沙聲響起而又消滅。

在正午的燠熱裡，村莊沉入睡鄉的時候，我凝望天空，在蔚藍的穹蒼裡編織我熟悉的那個人的名字。

我已忘記了編結我的辮子，慵倦的微風在我面頰上玩弄我的頭髮。

樹蔭遮蔽的河岸下，河水在平靜地流著。

懶洋洋的白雲一動也不動。

我已忘記了編結我的辮子。

當你去時日正當中。

路上的塵土是熱的，而田野在喘氣。

鴿子在茂密的樹葉中咕咕地叫。

當你去時我獨自坐在我的陽臺上。

———
5
6

我是許多個忙於卑賤的日常家務的婦女之一。

為什麼你單單把我挑選出來，把我從我們共同生活的涼爽蔭蔽處帶走呢？

沒有表明出來的愛情是神聖的。牠在隱蔽著的內心深處像寶石般閃耀。牠在奇妙的

白晝的光輝裡，顯得是可憐地晦暗。

啊！你穿破了我的心扉，把我顫抖著的愛情拖到公共的場所，永遠地破壞了牠那安巢的蔭蔽角落。

別的婦女們還和平常一樣。

沒有一人曾窺視到她們內心的最深處，就連她們本人也不知道自己的祕密。

她們輕輕地微笑，低低地哭泣，她們閒談和工作，每天到廟裡去參拜，每天點燃她們的燈盞，每天到河邊去汲水。

我希望我的愛情能免於暴露在外的發抖的羞恥，而你卻轉過你的臉去。

是的，你的道路展開在你的面前，但你卻切斷了我的歸途，丟下我一絲不掛地面對著那世界，那日夜以沒有眼瞼的眼睛注視著的世界。

—— 57

我採摘你的花兒，哦，世界！

我把這花兒緊抱在我心頭，尖刺戳痛了我。

當晝盡天黑，我發覺花兒已枯萎，但疼痛仍在我心頭。

世界啊！將有更多的花帶給你芬芳和驕傲。

可是在我，採集花兒的時機已過，度過這黑暗的長夜，我沒有我的玫瑰，只有苦痛留在我心頭。

58

「你，連你自己也不知道你的禮物是多麼地美麗。」

我吻她，並說：「你竟和這些花朵同樣地盲目啊。」

我把牠帶在我的頸子上，淚水就湧到我的眼裡。

一天清晨，在花圃裡，一個瞎眼的女孩兒來獻給我用一片荷葉蓋著的花環。

——

59

女人啊，你不僅是上帝的傑作，男子們也完成了你；從他們的心頭，永賦你以美麗。

泰戈爾詩集　350

詩人們用想像的金絲給你織網，畫師們從永新的不朽給你繪像。

海洋給你珍珠，礦山給你黃金，夏天的花園給你鮮花，來裝飾你，穿戴你，來使你格外高貴。

男子們心頭的欲望放射出榮耀來籠罩你的青春。

你一半是女人，一半是夢。

—— 60

雕刻在石頭上的美神啊，在人生的匆忙和喧囂裡，你站著：沉默而安靜，孤獨而超逸。

偉大的時間之神，迷戀地坐在你的腳邊喃喃而語：

「說話呀，對我說話呀，我的親愛的：說吧，我的新娘！」

但是你的言詞卻封閉在石頭裡，啊，不為所動的美神啊！

—— 61

平靜些，我的心，讓別離的時間成為甜蜜。

讓這不成為死亡，而只是完成圓滿。

讓愛融為紀念，苦痛化成歌曲。

讓飛行掠過天空，終結於歸巢的斂翼。

讓你手的最後撫觸溫柔像夜之花朵。

哦，美麗的終結，請站住一會兒，輕聲地說你最後的話。

我向你鞠躬，拿起我的燈來給你照路。

62

在夢中的一條幽暗小徑上，我去尋找前生屬於我的愛人。

她的住宅坐落在一條荒涼街道的盡頭。

在黃昏的微風裡，她那寵愛的孔雀停在棲木上打盹，而鴿子靜靜地躲在牠們的角落裡。

她把燈盞放在門口，她站到我的面前。

她抬起她那對大眼望著我的臉，無聲地問道：「你好嗎？我的朋友！」

我試著去回答，但是我們的語言已經失落而遺忘。

我想了又想；腦海中再也想不起我們的名字。

淚光閃耀在她的眼裡，她向我伸出她的右手，我握住牠靜靜地站著。

我們的燈盞在黃昏的微風裡搖曳而熄滅。

旅人，你一定得走嗎？

夜是靜寂的，黑暗暈倒在樹林上。

我們陽臺上的燈盞是輝煌的，花朵都是鮮麗的，年輕人的眼睛仍然清醒著。

是到了你離開的時候了嗎？

旅人啊，你一定得走嗎？

我們沒有用懇求的手臂抱住你的雙腳。

你的門戶是開著的，你的馬已上了鞍站在門口。

假使我們曾想禁止你通行，那只是用我們的歌曲。

我們的確曾想把你拉回來，那也只是用我們的眼神。

旅人，我們無力留住你，我們只有我們的眼淚。

黑暗裡有什麼咒語，黑夜就帶著封緘的祕密文件靜默而奇異地進入你的心？

你在天空的繁星中讀到了什麼可怖的咒語，黑夜就帶著封緘的祕密文件靜默而奇異地進入你的心？

是什麼不滅的火在你眼睛裡發光？

是什麼不安的狂熱在你血管裡沸騰？

黑暗裡有什麼呼喚在驅策你？

你在天空的繁星中讀到了什麼可怖的咒語，黑夜就帶著封緘的祕密文件靜默而奇異地進入你的心？

假使你不在乎歡樂的聚會，假使你一定要平安寧靜，疲倦的心啊，我們就熄掉我們的燈，也停奏我們的豎琴。

我們就靜坐在黑暗中的樹葉蕭蕭聲裡，慵倦的月亮將把她清淡的光華灑在你的窗子上。

啊，旅人啊！是什麼不眠的精靈從子夜的心裡觸動了你？

我在大路的灼熱塵土中，消磨我的白晝。

如今，在黃昏的涼爽中，我來敲叩客棧的大門。客棧已荒涼而頹廢了。

一株猙獰的阿剎斯樹，從牆壁的裂縫裡伸出牠饑餓的抓緊的樹根。

曾經有過這樣的日子：那時候旅客們到此地來洗濯他們疲倦的腳。

他們在初昇的朦朧月光下，把蓆子鋪展在庭院裡，坐下來談談遠方異域。

清晨，他們神清氣爽地醒來，鳥雀使他們歡悅，友愛的花朵在路邊向他們點頭。

可是，當我來到此地時，沒有點亮的燈盞在等我。

若干個被遺忘了的夜晚的燈盞，留下了黑色的薰煙，那薰煙像些盲人的眼睛，從牆壁上瞪目凝視。

螢火蟲在涸池邊的叢莽裡飛舞，竹枝把陰影投射到長滿青草的小徑上。

我是個在我白晝盡頭的沒有主人的來客。

我已疲倦，漫漫長夜擺在我的面前。

— 65

那又是你的呼喚嗎？

黃昏已來臨，疲倦親切地環繞著我像求愛的雙臂。

你呼喚我嗎？

我已經把我整個的白晝奉獻給你了，殘酷的愛人！難道你一定還要劫奪我的夜晚嗎？

任何事物都有一個盡頭，而黑夜的孤寂卻是屬於一個人自己的。

你的聲音一定要戳穿黑夜的孤寂而向我襲擊嗎？

難道黃昏沒有把睡眠的音樂留在你的門口嗎？

難道帶著無聲翅翼的星星從不攀登到你無情之塔的上空嗎？

難道你花園裡的繁花從不在柔和的死亡裡落入塵土嗎？

你一定得呼喚我嗎？你這不安靜的人兒？

那末就讓悲傷的愛情之眼徒然地守望而哭泣吧。

就讓燈盞在孤寂的屋子裡燃燒吧。

讓渡船載著疲憊的勞動者們回家吧。

我把夢留在後面趕緊去奔赴你的呼喚。

— 66

一個流浪的瘋子，在尋找點金石，他，蓬亂的頭髮，黃褐而塵垢，身體消瘦得成了個影子。他的嘴唇緊閉，正如他那關閉著的心扉，他那燃燒著的眼睛，恰似尋找著伴侶的螢火蟲的燈盞。

無垠的大海在他面前怒吼。

饒舌的波浪滔滔不絕地談論那蘊藏著的寶藏，嘲笑那些不懂得牠們語意的笨伯。

也許他現在已不存有什麼希望，但他並不罷休，因為尋找已成為他們的生命。

正如同海洋為了向空中去探求那不可得到的東西，永遠伸著牠的手臂——

正如同星群循環地運行，在尋找一個永遠達不到的目的——

即使如此，這帶著塵垢黃褐亂髮的瘋子，仍然徘徊在孤寂的海灘上尋找那點金石。

一天，一個村童跑來問道：「告訴我，你是從那兒得來繫在你腰際的金鍊？」

瘋子吃了一驚──這個原來是鐵的鍊子如今的確是金的了；這並不是一個夢，但他卻不知道這鍊子是在什麼時候改變的。

他瘋狂地拍著他的額頭──在那兒，啊！是在那兒他竟毫不知情地已獲得了成功？

那已經成了一種習慣了，撿起石子，碰一碰鍊子，他不去看看是否已有什麼變化就又把石子扔掉；瘋子就是這樣把那點金石獲而復失。

太陽正在低低地向西方沉落，天空呈現著金色。

瘋子走向回路，重新去尋找那丟失了的寶物，他已精疲力盡，彎腰駝背，心灰意冷，像一棵連根拔出的樹木。

雖然黃昏姍姍而來，已經示意一切歌曲都要停止；

雖然你的夥伴們都已回去休息，而你也是疲倦的；

雖然恐懼在黑暗裡孵育，而天空的臉也蒙上了面紗；

可是，鳥兒，啊！我的鳥兒啊，聽我說，請不要收斂起你的雙翼。

啊，那兒是有陽光的翠堤？那兒是你的窩巢？

那不是盛開的素馨花的舞蹈，那是閃光的水泡。

那不是林中樹葉的幽暗，那是像一條深黑色的蛇似地在起伏著的大海。

鳥兒，啊，我的鳥兒啊，聽我說，請不要收斂起你的雙翼。

孤寂的夜躺在你的路上，黎明在朦朧的山嶺後面睡覺。

星星摒著呼吸在計算時辰，微弱的月亮在深夜裡浮沉。

鳥兒，啊！我的鳥兒啊，聽我說，請不要收斂起你的雙翼。

對於你，沒有希望，沒有恐懼。

沒有言辭，沒有低訴，沒有呼喚，

沒有家，沒有歇息的牀鋪。

只有你自己的雙翼和無路的空際。

鳥兒，啊，我的鳥兒啊，聽我說，請不要收斂起你的雙翼。

沒有一個人長生不老，兄弟，而且也沒有一件東西是永久存在的，把這銘記心頭而歡快吧！

我們的一生並不是一個古老的負荷，我們的道路也並不是一條漫長的旅程。

一個唯一的詩人用不著唱一支古老的歌。

花朵枯萎而凋謝；然而戴花的人卻用不著永遠去為牠悲傷。

兄弟，把這銘記心頭而歡快吧！

必須要有完全的休止符，才能譜成完美的音樂。

人生向落日沉淪，為了淹沒到黃金色的陰影裡去。

必須把愛情從嬉戲中喚回，去啜飲煩惱的酒，並把牠帶到淚之天國。

兄弟，把這銘記心頭而歡快吧！

我們趕緊去採集鮮花，唯恐牠們被過路的風掠奪。

乘機捉住那稍遲即逝的吻，可以促進我們的血液，光亮我們的眼睛。

我們的生活是熱情的，我們的願望是強烈的，因為時間在敲著別離的鐘。

兄弟，把這銘記心頭而歡快吧！

我們沒有時間把一樣東西抓住敲碎，而再把牠扔到塵土裡去。

一個個的時辰，迅速地消逝，把牠們的夢隱藏在裙子裡。

我們的生命是短促的；牠只許可我們幾天戀愛的日子。

假使生命是為了工作和苦役，牠就會無盡地延長了。

兄弟，把這銘記心頭而歡快吧！

美對我們是甜蜜的，因為牠同我們的生命按著同樣疾速的調子一起跳舞。

知識對我們是寶貴的，因為我們永遠沒有時間去使牠完滿。

一切都是在永生的天國做好而完成的。

但是大地的幻想之花是由死亡保存永新的。

兄弟，把這銘記心頭而歡快吧！

我追捕金鹿。

你也許要笑我，我的朋友，可是我仍追蹤那躲避我的幻象。

我奔越過山嶺和谿谷，我浪遊過一些無名的鄉土，因為我是在追捕那金鹿。

你來到市場上採購，並滿載而歸，可是我卻不知在何時何地，已被那無家可歸之風的魔力所接觸。

我心裡沒有什麼牽掛；我已把我所有的一切遠遠地留在我的身後。

我奔越過山嶺和谿谷，我浪遊過一些無名的鄉土——因為我是在追捕著金鹿。

記得在我童年的一天，我曾在一條水溝裡漂浮著一隻紙船。

那是七月裡一個潮濕天氣，我獨自一人，玩得很是開心。

我在水溝裡漂浮著我的紙船。

驟然間陰靄密集，狂風突起，大雨如注。

小溪中的濁流洶湧，漲滿了水溝，沉沒了我的船。

我內心傷痛地思忖：暴風雨是故意來毀壞我的歡樂的，牠所有的惡意都是沖我而發的。

如今七月裡陰沉的日子是漫長的，我一直在想念著一生裡，我做了失敗者的那些玩意。

我正譴責命運在我身上元弄的許多詭計，當我突然想起了那沉沒到水溝裡的紙船。

—— 71

這一天還沒過完，市集，那河邊上的市集，也還沒收市。

我已經擔心我的時間被浪費，而最後的一文錢也遺失了。

可是，不，我的兄弟，我仍然還有點東西留下。我的命運並沒騙走了我的一切。

買和賣都已結束。

雙方所應得的東西都已經收好，是我回家的時候了。

可是，守門人，你要索取過路費嗎？

不要怕，我仍然有點東西留下，我的命運並沒騙走了我的一切。

風的暫停令人擔心風暴的即將來臨，西方低垂的雲層也不是好的預兆。

靜靜的流水在等候著狂風。

我得趕緊渡過河去，在黑夜追及我之前。

啊，擺渡的人啊，你要收你的過河費！

是的，兄弟，我仍然有點東西留下，我的命運並沒騙走了我的一切。

在路邊樹下坐著乞丐，啊呀！他抱著一種膽怯的希望瞧我的臉呢！

他以為我因一天的獲益而致富了。

是的，兄弟，我仍然有點東西留下。我的命運並沒騙走了我的一切。

夜已墨黑，道路孤寂。螢火蟲閃爍在樹葉中。

你是誰？踏著悄悄的靜靜的腳步跟隨著我？

啊！我知道了，那是你想劫奪我掙得的一切財物的企圖啊，我一定不使你失望！

因為我仍然有點東西留下，我的命運並沒騙走了我的一切。

午夜時分我到達了家，我兩手空空。

你正以焦急的眼睛在我門口等候，不寢不寐，靜默無語。

像一隻膽怯的鳥兒，你懷著熱烈的愛情飛到我的胸際。

唉，唉，我的上帝啊，還留著不少的東西呢，我的命運並沒騙走了我的一切。

—— 72

經過許多辛勞的日子，我造起了一座廟宇，牠沒有門也沒有窗，牆壁是用巨大的石頭厚厚砌成的。

我卻忘其他一切，我遠避整個世界，我在狂喜的沉思裡凝視我安置在祭壇上的塑像。

廟裡邊永遠是黑夜，香油燈盞照著亮光。

供香不停地冒著煙，使我的心在牠濃重的繚繞中受到創傷。

不寢不寐，我用一些錯綜迷亂的線條在牆壁上刻出許多奇異的形像——長著翅膀的馬，帶著人面的花，肢體像蛇的婦女們。

任何地方都沒留出一條通路可以傳進鳥雀的啁啾，樹葉的低語，或忙碌的鄉村的喧囂。

唯一回響在黑暗的廟宇裡的聲音，就是我的呪語的唸誦。

我的精神變得熱烈而蕭靜，像尖銳的火焰，我的知覺在狂喜中昏迷。

直到雷震廟宇，我痛徹心坎時，我不知道時間是怎樣過去的。

燈盞看上去暗淡而羞澀；牆壁上的雕刻像鏈繫著的夢，在燈光裡無意識地注視著好像很想把自己隱蔽似的。

我望望祭壇上的塑像。牠微笑了，牠因上帝有生命的觸摸而有生氣了。

我所囚禁著的黑夜，已展開牠的翅翼而無影無蹤了。

無盡的財富不是你的，我的堅忍而憂鬱的塵世之母啊！

你辛勤操作，使你的兒女們可以糊口，可是食物是缺乏的。

你當作禮物送給我們的歡樂，永遠是不完備的。

你為你的兒女們做的玩具是脆薄易碎的。

你不能滿足我們所有的渴望，然而，難道我會為此而遺棄你嗎？

你那蒙上痛苦的陰影的微笑，對於我的眼睛是甜蜜的。

你那不知有終結的愛情，對於我的心是珍貴的。

你曾經在你的胸膛上用生命而不是用不朽哺育我們，這就是為什麼你的眼睛永遠警醒不寐。

多少年來你用彩色和歌曲工作著，然而你的天堂並未建起，只是建起了那可悲的令人想望天堂的暗示。

在你所創造的美麗作品上蒙著淚之霧。

我要把我的歌曲灌注到你無言的心裡，把我的愛情灌注到你的愛情中去。

我要用勤勞來尊敬你。

地母啊！我看到了你那溫柔的臉，我愛你那哀傷的塵土。

在世界聽眾的大廳裡，純樸的草葉跟陽光和子夜的星辰同席而坐。

於是就這樣，我的歌曲，跟雲霞和森林的音樂一起在世界的心中，分配到牠們的席位。

然而，有錢的人啊，在樸素莊嚴的太陽之愉快金色裡，在緘默月亮的柔和光輝裡，卻是沒有你那財富的份兒。

擁抱一切的天空之祝福，是不落到你的財富上面的。

而且，當死亡出現時，財富就暗淡無光，枯萎凋零而化為塵土。

在靜寂的子夜，那個自以為是苦行者的人宣告說：

「這是離棄我的家庭去尋找上帝的時候了。唉，是誰羈留我這麼長久在這個迷妄的

塵世裡呢？」

上帝耳語道：「是我。」可是這人的耳朵是閉塞的。

他的妻子懷裡摟著一個酣睡的嬰兒，恬適地睡在牀的一邊。

那人說：「你們是誰啊？愚弄我這麼地長久？」

那聲音又說：「是上帝啊！」可是他沒有聽見。

嬰兒在夢中啼哭，緊偎著他的母親。

上帝下命令：「別胡思亂想，蠢貨，不要離開你的家。」可是他還是沒有聽見。

上帝歎息而抱怨說：「為什麼我的僕人要背棄我，而雲遊著去尋找我呢？」

—— 76

市集在廟門前交易，從大清早起一直在下雨，而白晝到達了牠的盡頭。

比人群所有的歡樂更歡樂的，是一個女孩的愉快的微笑：她用一文錢買了個棕櫚樹葉做成的口哨。

這口哨清脆的樂音飄浮著，壓下所有的笑聲和喧囂。

無邊無岸的人潮湧來，互相推擠，道路是泥濘的，河水在泛溢，無休止的下著雨，田地都浸在水裡。

超過紛至沓來的人群的一切苦惱的，是一個男孩的苦惱：他沒有一個子兒去買一根彩色的棍棒。

他那凝視著店鋪的渴望的眼睛，使得人們的整個集會顯得那麼可憐而哀傷。

—— 77

來自西鄉的工人和他的妻子正替窯上忙碌地掘土造磚。

他們的小女兒到河邊的碼頭上去；那兒，她有無盡的壺與碟的洗擦工作。

她的小弟弟跟在她後面，剃光了的頭，棕色的赤裸而泥汙的四肢。他站在高高的河岸上，耐性地聽候她的吩咐。

她頭上頂著裝滿的水壺，左手提著閃亮的黃銅罐，右手攙著男孩回家去——她，她母親的小小奴僕，嚴肅地肩負著家庭管理的重荷。

有一天，我看見這個赤裸的男孩伸著兩腿坐在那兒。

在水裡，他的姐姐手裡拿著一把泥土把水壺反轉去地磨擦。

附近一隻軟毛的小羊站在那兒沿著河岸吃草。

牠走近男孩坐的地方突然大聲咩咩地鳴叫，男孩驚跳起來尖聲高喊。

他的姐姐就放下清潔水壺的工作跑過去。

她一隻手抱起她的弟弟，另一隻手撫慰著小羊。在他們之間分配她的溫暖，而把對人的子孫與獸的後代的愛，縮繫在一條帶子上。

—
78

是在五月裡，悶熱的中午好像沒有止境的漫長，乾燥的大地因暑熱和乾渴而龜裂。

當我聽到河邊傳來了喊叫的聲音：「來吧，我的寶貝！」

我合起書本，打開窗子向外張望。

我看到一隻滿身泥巴的大水牛，睜著沉靜而有耐性的眼睛，站在靠近河流的地方；

一個年輕人，站在沒到膝蓋的水裡，在呼喚水牛去洗澡。

我愉快地微笑了，心裡感到一陣甜美。

79

我常常奇怪在那兒暗伏著人獸之間公認的界限，獸的心是不懂語言的。

在創造萬物的遙遠的早上，穿過一種什麼樣的原始樂園就曾展現著一條簡單的小路。

在那兒，他們的心已互相拜訪了。

他們長久踐踏的標誌並沒被抹去，雖則他們的血族關係早已被遺忘。

但是突然在一種無言的音樂裡，模糊的記憶甦醒了。獸就帶著一種溫柔的信任注視人的臉，而人就帶著令人喜悅的愛情向下看到獸的眼睛裡。

那好像是這兩個朋友戴著假面具相會，透過偽裝模糊糊地互相認識了。

80

美麗的婦人啊！你能以你眼睛的一個流盼，掠盡詩人豎琴上所彈的歌曲的全部財富！

然而對於他們的歌頌，你卻充耳不聞，因此我就來歌頌你。

你能使得世上最傲慢的人在你腳下卑躬屈膝。

—— 81

然而你所選以崇拜的，卻是你所寵愛的一些無名的人，因此我就崇拜你。

你那完美的手臂的撫觸可使帝王的尊榮增加光輝。

然而你卻用牠們來拂除塵土，去清潔你的寒舍，因此我就滿心地敬愛你。

為什麼你在我耳邊低語得這麼微弱，哦死神，我的死神？

當花朵在黃昏裡落下，牧群回到牠們的畜棚，你潛行到我身邊來說一些我聽不懂的話。

是不是用朦朧的囈語和冰涼的接吻之催眠，你定要來向我求愛，來贏得我，哦，死神，我的死神？

在那兒，我們的婚禮將沒有隆重的儀式嗎？

你不想用一項花冠束起你黃褐色的盤繞頭髮嗎？

在那兒，沒有人給你撐著旗傘前導，那晚將不用你紅色的火炬燃燒著嗎？哦，死神，我的死神？

來吧，在你法螺聲中，來吧，在那不眠之夜。

穿我以大紅的外衣，緊握我手娶我去吧。

讓你的車輦準備好在我的門前，你的馬匹不耐地嘶叫。

揭開我的面紗，驕傲地望著我的臉，哦，死神，我的死神！

今夜，我們預備玩一個死亡的遊戲，我的新娘和我。

夜是黑暗的，天空的雲是飄浮不定的，海上的波浪正在怒吼。

我們離開了夢之牀，跑去打開大門走出來，我的新娘和我。

我們坐在鞦韆上，暴風從身後給我們一陣狂野的推動。

我的新娘且驚且喜地跳起，顫抖著偎依到我的懷抱。

我溫柔地侍候了她好久。

我為她做了一張繁花綴成的牀，並且關上了門，從她眼睛裡把狂野的光芒關到門外去。

我輕輕地吻她的嘴唇，柔和地在她耳邊低語，直到她在慵倦中半入昏迷。

她迷失在朦朧的甜蜜之無窮雲霧裡。

她不回答我的愛撫，我的歌聲也不能喚醒她。

今夜，野外風暴的呼號傳到我們的耳際。

我的新娘顫抖而起立，她緊握著我的手跑出去。

她的頭髮在風中飄動，她的面紗飛揚著，她的花環在她的胸前悉索作聲。

死亡的推力把她盪進生命中去。

我們臉對著臉，心對著心，我的新娘和我。

她住在山麓下玉蜀黍的田邊，靠近那謹笑的泉流穿過古老樹林的肅靜的蔭翳的地方。

婦女們到這兒來裝滿她們的水罐，旅客要坐在這兒休息閒談，她天天工作和做夢隨伴那潺潺而流的溪水曲調。

一個黃昏，陌生人從白雲隱沒的山頂下來；他的紛亂的頭髮糾結著似昏昏欲睡的蛇。

我們奇怪地問：「你是誰？」他不回答，只坐在那潺潺不息的溪水旁，靜靜地凝視她所住的茅舍。我們的心駭得發抖，天黑時我們便回家了。

次晨，當婦女們到臺烏達樹邊的泉流去汲水，她們發現茅舍的門開著，然而沒有了她的聲音，那兒是她微笑的臉呢？空的罐子倒在地板上，燈在牆角裡自己熄滅了。

沒有人知道她在天亮以前逃到那兒去了——那陌生人也不見了。

五月裡，太陽漸強，積雪融化了，我們坐在泉水邊哭泣，我們心中詫異，「她去的地方會有泉水嗎？在那兒，在這麼燥熱的日子，可以把她的水甕灌滿嗎？」我們很沮喪地互問著，「在我們住的這些山嶺外邊會有陸地嗎？」

是一個夏夜；微風從南方吹來；我坐在她丟棄的屋子裡，燈盞仍然在那兒沒有點亮，突然我眼前的山不見了，像帷幕被拉到一邊。「啊！來了一個人，就是她，她來了。我的孩子你好嗎？你快樂嗎？可是光天化日之下你能藏在那兒呢？而且，哎喲！我們的泉水竟不能在這兒解你的口渴。」

「這兒是同一的天空。」她說，「只是沒有了山嶺的屏障，——這兒是同一的溪水匯流擴成了大河——同樣的土地擴展成了平原。」「這兒什麼東西都有。」我歎息道：「只是我們不在這兒。」她苦笑說：「你們是在我的心裡。」我醒來聽到夜間溪流的潺潺，臺烏達樹的蕭蕭。

在綠和黃的稻田上空，掠過被急追的太陽尾隨著的秋雲的陰影。

蜜蜂忘記去吸取牠們的蜜；陶醉在陽光中，傻里傻氣地鼓動著翅翼嗡嗡而鳴。

在河中小島上的鴨群，毫無原因地高興得呷呷亂噪。

不讓任何人回家，兄弟們，今天早晨不讓任何人去工作。

讓我們去襲取蔚藍的天空，一面奔跑一面掠奪空間。

笑聲浮動在空際，好像泡沫浮動在海潮上。

兄弟們，讓我們在無謂的歌聲裡浪費掉我們的清晨吧。

你是誰啊，讀者，你一百年後誦讀我詩篇的人？

我不能從這春天的富麗裡送你一朵花兒，從那邊的雲彩上送給你一縷金線。

打開你的門戶，展開你的視域吧。

從你繁花盛開的園子裡，採集一百年前消逝花朵的芬芳記憶吧。

在你心的歡樂中，你也許會感覺到一個春晨所唱的當前歡樂，越過一百年，播送來了牠愉悅的心聲。

愛貽集

泰戈爾 著　糜文開 譯

泰戈爾於民國十三年到中國來講學時，梁啟超先生在北平師範大學作公開的學術演講來歡迎他，題目為「印度與中國文化之親屬的關係」，內容講述我國自印度佛教傳入後，文化上所受到的影響。他說：「印度給我們那份貴重的禮物，真叫我們永世不能忘記。他給我們什麼呢？一、教給我們知道有絕對的自由，二、教給我們知道有絕對的愛。」梁先生解釋絕對的自由是脫離一切束縛的根本心靈自由，不為物質生活奴隸的精神自由。「總括一句，乃是自己解放自己『得大解脫』、『得大自在』、『得大無畏』的絕對自由。解釋絕對的愛是對於一切眾生的純愛，對於愚人或惡人悲憫同情的摯愛。體認出眾生和我不可分離「冤親平等」、「物我一如」的絕對愛。

又說：「這份大禮的結晶體，就是一部《大藏經》。《大藏經》七千卷，一言以蔽之，曰『悲智雙修』。教我們從智慧上求得絕對的自由，教我們從悲憫上求得絕對的愛。」；

「我們以為凡成就一位大詩人，不但在乎有優美的技術，而尤在乎有崇高的理想。泰戈爾這個人和泰戈爾的詩，都是『絕對自由』與『絕對愛』的權化。」

我們知道，泰戈爾不是佛教徒，而是印度教徒。但印度教和佛教的主張絕對的愛，追求絕對的自由，初無二致。泰戈爾和甘地並且還承襲了佛教的四民平等主張，提倡破除階級觀念的解放賤民運動。讓印度文化中「自由」、「平等」、「博愛」三要素，和今日世界的新潮流融合起來。

泰戈爾在華講學期間，適逢他六十四歲的生辰，梁先生答應泰戈爾的請求，給他起了一個中國名字「竺震旦」送給他。同時寫了一篇〈泰戈爾的中國名──竺震旦〉給他祝壽。這「竺震旦」三字，以竺字為姓，震旦為名。古代印度來華高僧，如竺法蘭、竺法護、竺念佛，均以天竺的竺字為姓。泰戈爾的原名 Rabindra 是 Rab（太陽）和 Indra（雷雨）兩者的聯合，正與印度人從前稱我國為「震旦」的漢譯意義相符。因而梁先生給他起名為「竺震旦」，恰為中印兩國國名的聯合。梁先生說：「從陰曀雾雾的狀態中看然一震，萬象昭蘇，剛在扶桑浴過的麗日，從地平線上湧現出來（旦字末筆地平），這是何等境界！……今日我們所敬愛的天竺詩聖在他所愛的震旦地方過他六十四歲的生日，我用極誠摯極喜悅的情緒將兩個國名聯合起來贈給他一個新名曰竺震旦。……我希望印

度人和中國的舊愛，借竺震旦這個人復活轉來。」

中國，是印度人的舊愛，而泰戈爾自訪華以後，三十餘年始終為中國人所熱愛，他用美麗的方式——他的詩歌——再灌輸給我們心靈以自由和仁愛。《愛貽集》（*Lover's Gift*）——愛人的禮物，是他給我們的寶貴禮物之一，卻迄未譯成中文。今夏得內子普賢、長女榴麗的協助，總算把它全部譯完。因撿拾泰戈爾訪華期間的舊事，並摘錄梁啟超先生的文章，藉以再來一談泰戈爾詩的內容，置諸卷首，以奉獻於我國熱愛泰戈爾的讀者作為參考。

民國四十七年九月文開於臺北

─── 1

沙傑罕啊，你容許你帝王的權力消失，你卻願望著一滴愛之淚珠，永恆不滅。

「時間」不憐憫人的心，只嘲笑它可悲的記憶之掙扎。

你用美麗去引誘他（指時間——譯者），把他俘獲，用不滅的形，冠戴在無形的死亡之上。

在夜的靜寂中向你愛人耳邊低語之祕密，鑄成這石頭的永恆靜默。

雖則帝國崩坍向塵埃，多少世紀消失在陰影裡，那大理石卻依舊向星空歎息：「我記得。」

「我記得」——但是生命卻忘記，因為她被召喚趨向無盡期：她踏上她的旅程，無所負荷，將她的記憶留給這寂寂的美麗形式。

譯者註：此詩為泰翁詠泰姬陵傑作。沙傑罕，印度蒙古王朝五世帝，自西元一六二八年至一六五八年在位凡三十載。其后泰姬瑪哈兒早死，帝因愛后之故，接受她臨終時的請求，於一六三○年為建白大理石巨墳於阿格拉城外以留永久紀念，稱泰姬陵。泰姬陵高達二百四十三英尺有

奇，至今尚存，矗立瓊那河濱，倒影映水中，美妙無比。與我國的長城，埃及的金字塔等齊名，均為世界七奇之一。泰姬事蹟詳見拙著〈奇后泰姬傳〉，已編入《印度古今女傑傳》書中。

——

2

到我園中來散步吧，我愛。走過熱情的花叢，它們齊集到你視線中來。走過花叢，停留在即興的歡快前，這歡快像落日驟生的奇妙照耀著，但躲躲閃閃的。

因為愛的贈遺是羞怯的，它從不說出名字來，它掠過蔭翳，把片片的歡樂鋪展在塵埃上。捕捉它，否則永遠失卻。可是這贈遺所能把握的僅只是一朵易碎的花，或者一盞閃爍的燈啊。

——

3

纍纍的果實擁進我的果園來，互相推擠著。牠們在光之中激漲起來，飽滿到煩悶。

高傲地步入我的果園，我的王后，請坐在那裡樹蔭下，從枝頭採摘熟果，讓它們儘量地貢獻牠們甘美的重荷，在你唇邊。

在我們的果園裡，蝴蝶們撲翅在太陽中，那些葉兒搖曳，果兒喧譁到完成。

4

有如畦花的接近大地，她接近我的心；有如睡眠對於疲憊的四肢，她對我是甜蜜的。

我對她的愛是生命的滿潮，有如一條河流的秋汛，以沉靜的放蕩奔馳著。我的歌曲與我愛合一，有如清溪之琤淙，是全部波浪與水流的合唱。

5

假使我富有天空及其全部星斗，富有世界及其無盡的財寶，我仍將有所請求；但是我將滿足於此地最小的一角，只要我有了她。

6

在這春的繁華之日的光中，我的詩人，唱吧，唱出那些走過去不作滯留的，那些笑著奔馳絕不回顧的，那些開花在一時興發的愉快，而在一剎那無憾的凋謝。

不要無聲無息地坐下去，把你往日的淚與笑之珠串撥唸著，——不要停步去拾取那些隔夜花朵上落下的花瓣，不要去追尋那些躲避你的東西，去推究那些不易解的意

義，——把你生命的缺陷留在原處吧，讓音樂就從那些缺陷的深處響起來。

—— 7

現在剩下的只有一點兒，其餘的消耗在一個疏忽的夏季了。這一點兒剛剛足夠容納一隻歌來唱給你聽；來織成一個花環優雅地纏繞在你的手腕上；來掛在你耳邊像一顆圓圓的粉紅色的珍珠，像一陣害羞的密語；來作黃昏的孤注一擲，而全部輸卻。

我的艇兒是脆弱的小東西，不適合橫渡瘋狂的波濤於風雨中。假使你只輕輕地跨上來，我將緩緩地在堤岸的隱蔽處划你，那裡幽暗的水之漣漪，像一個微夢的睡眠。那裡斑鳩從下垂樹枝的午日陰影中悲鳴。到日終你倦了，我將採摘一朵滴水的睡蓮來插在你的鬢邊，然後我離開。

—— 8

這裡是有容納你的地方的。你只和你的幾束稻禾在一起。我的小船已擁擠，裝載很重，但我怎能把你打發回去？你稚嫩的身體纖弱而欹斜；你的眼睛邊閃現著微笑，你的長袍的色彩有如雨雲。

泰戈爾詩集　388

旅客們將上岸各走其路，各歸其家。你將在我小船的船頭上坐一會兒，在旅程的終

點無人阻止你的去。

你到那裡去？到怎樣的家去把你的禾束藏放？我不來盤問你，但當我收帆泊船後我

將在黃昏中坐下而疑慮——你到那裡去？到怎樣的家去把你的禾束藏放？

—9

婦人啊，你的籃子重重的，你的四肢已疲憊。為了什麼利益的渴求你要到什麼遠方

去？路是長的，在烈日中塵埃是熱的。

看啊，這湖深而水滿，黝黑似烏鴉的眼。傾斜的湖岸鋪著柔軟的草。

把你疲憊的雙足浸入水中吧。正午的風將用牠的手指來梳沐你的頭髮，鳩鴿將低哼

牠們睡眠的歌曲，樹葉將低語那巢居於陰影中的祕密。

即使光陰蹉跎，日落西山，即使橫越荒野的路迷失在殘照裡有什麼關係。

那邊就是我的屋子，以鳳仙花為籬的；我會領你去。我將給你鋪一張牀，給你點一

盞燈。到早晨，當鳥兒被擠牛奶所攪擾而驚起，我會把你喚醒。

10

是什麼把這些蜜蜂從牠們的家中驅出；這些無形跡的追蹤者？牠們熱切的翅膀發出的是什麼叫喊？牠們怎會聽到安睡在花魂中的音樂的？牠們怎會找著牠們的路到那

蜜汁羞怯地靜寂地躺著的小室裡去的？

11

這不過是夏天葉子的放芽，夏天蒞臨於海濱的花園。這不過是在南風裡的一陣攪動，一陣沙沙聲，一隻歌曲的幾聲懶洋洋的斷句，於是白晝便完了。

但讓愛之花開放在夏天蒞臨的海濱花園。讓我的歡樂誕生，我的歡樂隨澎湃的歌曲

拍手與舞蹈，使清晨驚喜地把眼睛睜得大大的。

12

好久以前，當你開了諸神之花園的南門下降到大地的最初青春時，哦，春啊，男人和女人都衝出屋外來，歡笑與舞蹈，在一陣愉快的狂熱中以花屑互擲。

年復一年，你帶著同樣的花朵散播在你的路途，就像那最初的四月。因此，今天：

在瀰漫著的芳香中，他們呼吸著變做夢的日子的歡息──消逝世界的纏黏悲哀。

你的微風負荷著那已從一切人類言語凋謝的愛之傳說。

有一天，你帶著新的驚奇來到我因第一次愛而翱翔著的生命中。從此無經驗歡樂的嬌嫩懦怯每年來到，隱藏在你的檸檬花之早期綠蕾中，你的紅玫瑰在燃燒的靜默中帶著我一切說不出的。抒情的鐘點之紀念，那些五月的日子，一再微響在你新葉茁生的顫動裡。

──
13

昨夜在花園中，我獻上我青春的泡沫之酒。你舉杯向唇，你閉目而笑，這時我揭開你的面幕，解散你的髮鬢，把你的靜默的甜蜜臉兒垂伏在我的胸口，昨夜明月之夢泛溢那瞌睡的世界。

今天在黎明的露冷寧靜中你步向神廟，沐浴後穿著白衣，手提滿籃的鮮花。於樹蔭下垂著頭，我站在到廟宇去的寂寞路邊，在黎明的寧靜中。

14

假使今天我焦急了，請恕我，我愛。這是第一次的夏雨，河邊的森林鼓動，開花的卡騰（Kadam）樹用芬芳的酒杯撩亂那過路的風。看，天空的每一角上，電閃投射牠們的瞥視，疾風在你髮間狂暴。

假使今天我帶來致敬的禮品，請恕我，我愛。日常世界隱蔽在陰雨的昏暗中，鄉村裡一切的工作都停頓，牧場是荒涼的。在你的黑色眼睛中，雨的到來發見了音樂。

這就在你門口，七月在牠的青裙中等待著將素馨花戴上你的鬢髮。

15

在村裡她的鄰里說她黑——但是她在我心中是一朵蓮花，是的，一朵並不白淨的蓮花。在雲遮的日光下，我第一次在田野看見她時，她禿著頭，她的紗麗不兜在頭上，她的辮髮鬆散地垂在項間。她也許是黑得像他們在村裡所說的一般，但是我看見了她的黑眼睛便愉快了。

空氣的震動預兆著暴風雨。她衝出小屋來，當她聽見她花牛的驚嗥。她的大眼凝視

雲頭一會兒，覺得要來的雨已在空中激動。我站在稻田的角上，——是否她注意到我，這只有她知道（也許我知道的）。她黑似夏天陣雨的訊息，黑似開花林地的蔭翳，她黑似五月苦思之夜對未知之愛的渴望。

16

她住在這石級已傾覆的池塘邊。許多個黃昏她凝視著月兒，被震慄的竹葉所眩暈的月兒；許多個雨天，濕土的氣息飄過稻的嫩苗來到她那兒。

在棗椰林間，在庭院中，女孩們一面坐著談笑一面縫著冬天的被褥，她的乳名是誰都知道的。這池中的水在牠深處保持著她游泳的四肢之記憶，她的濕足，一天又一天的留下牠們的足印在引向村落的小徑上。

今天，帶著壺到水邊來的女人們都曾見她為了單調的笑話而微笑，還有那老農人，引他的牛群去沐浴，慣於每天停在她門前向她問候。

多少航船途經這村落，；多少旅客憩息在這榕樹下；渡船渡到那邊的淺灘運送人群到市集去；但他們從不注意這村路邊的地點，靠近這石級已傾覆的池塘邊，——那裡住著我愛的她。

17

韶光易逝，蜜蜂飛繞過夏園，月兒笑照過夜之睡蓮，閃電向雲兒拋擲過火吻又狂笑而去，詩人站在一邊，與雲樹合一。他的心冷靜著，默默地像一朵鮮花，透過他的夢看望，有如新月之所為。他漫步，像夏天的清風，毫無目的。

一個四月的黃昏，月亮上昇，像落日之淵吹起的一個氣泡。一位少女正忙於給花草澆水；一位在餵她的羚羊，一位在逗她的孔雀跳舞，詩人引吭而歌。——「哦，請聽宇宙的祕密。我知道睡蓮是為月亮的愛而蒼白。蓮花在早晨的太陽面前把她的面紗拉向一邊，如果你想一想，這道理很簡單。蜜蜂在早開茉莉的耳畔嗡嗡不休的意義已經失傳，但詩人懂得。」

太陽沉沒在羞紅的光焰中，月亮逗留在樹背後，南風向蓮花耳語，詩人並不像他看來那末簡單。少男少女們拍手高呼——「宇宙的祕密出現了。」他們目光相接而歌——「讓我們的祕密也飄散到風中去。」

18

你的日子會充滿了憂慮，假使你一定把你的心交給我。我的屋子就在十字路口，門戶都開著，而我心不在焉，——因為我唱歌。

我將永遠不能負責，假使你一定把你的心給我。假使現在我和著樂調向你發誓，到音樂靜止時我太認真而不能保持我的誓言，務請寬恕我；因為五月立的法，最好在十二月破裂。

假使你一定把你的心交給我，請勿長相憶。當你的兩眼因愛而歡唱，你的聲音因笑而波動，我對你問題的答案會很荒廢，而不吝嗇地求正確——你要永遠相信卻即刻忘掉。

19

書上寫著：一個人，到五十歲應該離開那煩囂的世界，到森林去隱居。但是詩人宣告，森林隱區只適宜於青年。因為那裡是百花的故鄉，鳥和蜂的根據地；隱蔽的僻壞正備作情侶私語的場所。那裡，對曼拉蒂花而言，月光只是一個接吻，透露深奧

的意義；但這是離五十很遠的青年所理解的。

啊！青年是無經驗而任性的，因此，只應該是：老年應主持家務，青年去到森林蔭

翳的隱區，接受求愛的嚴格訓練。

— 20

那兒是為你而設的市場，我的歌曲？是不是在那學者用他們的鼻煙混濁了夏日微風

的地方；在那人們無終結的辯論「油依賴桶還是桶依賴油」的地方；在那黃色原稿

蹙額反對生命的快速腳步的無價值的地方？我的歌曲喊叫道：啊，不，不，不。

那兒是為你而設的市場，我的歌曲？是不是在那有財富的人在他大理石的宮殿中變

得更自豪，更肥胖的地方，那宮殿的書架子上陳列著噴金皮封套，被奴僕們拂去了

上面的灰塵的書籍，它們那未曾翻過的書頁是奉獻給神的曖昧的地方？我的歌曲喘

息著說：啊，不，不，不。

那兒是為你而設的市場，我的歌曲？是不是在那兒，在那年輕學子坐著的地方，他

埋頭在書本上而心卻漂蕩在青春夢鄉；在那兒散文在書桌上巡行，而詩藏在心底？

在那兒，在那汙穢的零亂中，你願意玩捉迷藏嗎？我的歌曲在羞慚的訥訥中保持

緘默。

那兒是為你而設的市場，我的歌曲？是在那兒嗎？在那屋裡有新娘忙碌的地方；而有一刻的空閒她就跑回的房間，而從她的枕頭底下，充滿了她的髮香的，被嬰兒虐待著的那本傳奇故事書寫出來的地方？我的歌曲發出歎息帶著不能決定的欲望顫抖著。

那兒是為你而設的市場，我的歌曲？是在那兒嗎？在那鳥的最小音調永遠不被損失的地方，在那溪流潺潺地尋找到全部智慧的地方，在那裡世界上所有琵琶絃索散布它們的音樂在兩個激動的心上的地方？我的歌曲突然出現而喊道：是的，哦，是的。

—— 21

（譯自德文特拉·沈 (Devendranath Sen) 的孟加拉文）

我愛，我想在生命的拂曉前你站在歡夢的瀑布下，用湍急的清流來注滿你的血液。

我又想，你的途程通達諸神的花園，園中素馨、百合、夾竹桃的愉悅花朵紛紛降落在你懷裡，使得你的心狂跳。

你的笑聲是一支歌曲，它的歌詞湮沒在曲調的喧響裡，那是無形花朵的芳香之狂喜，

這正像月兒藏在你心中時月光從你唇之窗透射出來。我不問理由，我忘卻原因，我只知道你的笑聲是磅礴生命的喧響。

—— 22

假使我有幸福的來世，只生而為一個勃靈達森林的牧童（譯者注：勃靈達森林的牧童指史詩中黑天克里夫那而言）。我將慣於為忍受文化的尊崇，在我屋裡死掉。

牧童坐在榕樹下牧放他的牛群，悠閒地編織恆伽花的花環，他愛好跳進瓊那河的清涼水中潑濺和潛游。

拂曉時他呼喚他的同伴們醒來，於是巷子裡每一家攪乳器的聲音哼出調子來，牛群升起塵埃的雲霧，少女們來到場上擠牛奶。

當吐瑪爾樹下的陰影漸濃，暮色籠罩在河岸上；當牛乳姑娘們提心弔膽地涉足亂流，當炫耀的孔雀展尾開屏，舞蹈在森林中；他閒眺著夏雲。

四月夜的芳香有如新開的鮮花，那時他頭髮裡插著一根孔雀毛隱沒在森林裡；秋千的繩索編織著花朵掛在樹枝上；南風因音樂而震顫；快樂的牧羊孩子們麇集在碧波河岸。

不，兄弟們，我永遠不願做這個新孟加拉的新時期的領袖；我不會煩勞於為在黑夜

中的人來點燃文化的明燈。假使，我能只生於勃靈達的無憂樹蔭蔽的村子裡，那裡，

牛乳被少女們攪動著！

—— 23

我愛那些冷落池塘的沙岸，水鴨們呷呷喧叫，龜鱉們出水暄日；那裡，到傍晚漂蕩

的漁船棲息於葦草的蔭蔽處。

你愛那綠蔭掩映的柳堤，那裡，被濃密的竹林所環抱；婦女們攜帶汲水的瓶甕來自

蜿蜒的小巷。

流瀉在我們之間的是同一條河，向兩邊的河岸播唱著同一支歌。我獨自躺在星空下

的沙地上靜聽那音樂；你呢，在晨光曦微中坐在斜坡的邊上諦聽。只是你不知我聽

到的歌詞，而那潮音向你傾訴的祕密對我也永遠是一個謎。

—— 24

窗兒半開，窗帘半掩；你佇立那兒等待販手鐲的帶了他的燦爛貨品前來。你閒看那

重車輾軋著塵埃的道路，船桅沿著地平線蠕行過遠處的河流。

對你，這世界正如一個老婦人在紡車上所哼的歌曲，是被無所謂的心象所擠迫出來的無意義的音韻。

可是那陌生人，在這個悶熱的慵悃中午，帶著他滿筐的奇異貨品走在來的路上，有誰知道？他將一路叫喊著經過你的門口，你會突然開啟你的窗兒，拉去你的窗帘，從你夢的煙塵中出來，會見你的命運。

我緊握著你的雙手，我的心就投入你雙眸的幽暗，搜尋你，那常常規避我躲在談話和緘默背後的人。

可是我知道在我的愛情中我必須滿足於這些飄忽和不確實的。因為在生命的十字路口我們曾一度相逢。我有力量帶你超越塵世的眾生，超越道路的嘈雜嗎？我有食物可以供養你越過張著死亡拱門的黑暗走廊嗎？

—— 25

26

假使偶然你想到了我，我將在落雨的黃昏散布她的影子在河川上，慢慢拖著她薄暗的光線向西方去的時候為你歌唱，——當這一天的殘餘無論對工作或遊戲都嫌太狹隘的時候。

你將獨自坐在南面的陽臺上，而我就從幽暗的房中歌唱。在漸近的黃昏裡，濕葉的香氣將透過窗戶；風暴將在椰子林中變得喧囂吵鬧。

當點燃的燈盞被帶進屋裡來時，我就要走了。於是，也許你將諦聽著夜，當我沉默時聽見我的歌曲。

27

我把我所有的東西裝滿我的盤子，把它獻給你。明天我將帶什麼到你的腳邊？我思議。我像那棵樹，在繁花盛開的夏季快完的時候，用它高舉的空無花朵的枝幹凝望著空際。

但是在我過去所有的奉獻中，就沒有一支用眼淚的永恆做成的不凋之花朵嗎？

當我兩手空空站在你面前和我的夏日告別時，你是否會記起它，用你的眼色向我表示謝意？

── 28

我夢見她坐在我的頭邊，用她的手指輕輕地撥弄我的頭髮，彈奏著她撫觸的音樂。

我望著她的臉，我嚙著淚掙扎，直到無言的苦痛把我睡眠像輕氣球一樣的爆炸掉。

我坐起來望見我窗外上空銀河的白光，像靜默的世界在燃燒，我幻想，在這時她是否有她的夢和我的夢叶韻。

── 29

當我們的眼光隔籬相遇時，我想，我有些什麼話要向她訴說。但她走開了。它日夜搖蕩著，像一隻小船在時間的每一波浪上，這就是我必得向她訴說的。它似乎駛在秋雲之中，作無休止的搜索，又開放成黃昏之花，在落照裡尋覓失去的瞬息。它在我心中閃爍似飛螢，在絕望的暮色中尋找它的意義，這就是我必得向她訴說的。

30

春花的迸放有如無言之愛的深情苦痛。她們的氣息帶來我往昔之歌的記憶。我的心忽然佩帶了希望的綠葉。我的愛人未來，但她的撫觸已在我四肢感到，她的聲音越過芳香的田園傳來。她的瞥視發自天空的愁淵，但那兒是她的雙瞳？她的熱吻布滿在空氣中，但那兒是她的櫻唇？

31

（自達泰（*Satyendranath Datta*）的孟加拉文改寫）

我的鮮花似牛奶，似蜂蜜，似醇酒；我用一條金絲帶把牠們紮成一個花束；但我看守不住，牠們逃跑了，只剩下那條帶子。

我的歌曲似牛奶，似蜂蜜，似醇酒；被保留在我跳動之心的節奏裡；但牠們展翼而飛，這些閒逸時刻的愛寵都逃跑了，於是我心靜悄悄地跳動。

我所愛的美人似牛奶，似蜂蜜，似醇酒；她的嘴唇像拂曉的玫瑰，她的雙眸像兩隻黑蜂。我的心保持靜默唯恐驚動了她；但她和我的鮮花我的歌曲一般躲避我，把我

的愛情獨自留下。

—— *32*

多少次，當春光叩打我們房門時，我忙著我的工作，而你也不去應門。現在我獨自閒居，哀傷的春日又一次來臨，但是，我不知道怎樣去使他從門前拐向別處去。當他把歡樂來加冕我們時，大門緊閉；可是現在當他帶著惆悵的禮物來了，我卻不得不打開他的通路，讓他進來。

—— *33*

騷鬧的春天。這春天啊，在放浪歡笑中，用無思慮的玫瑰負荷著她的時間，用新生無憂樹葉的紅吻使得天空頹顏，曾一度進入我的生命。如今穿過寂寞的巷子沿著靜悄悄的沉思陰影，偷偷地進到我的孤寂中來，而且靜坐在我的陽臺上凝望著田野，那兒，大地的碧綠疲憊地暈倒在天空的全然蒼白中。

34

當我們到達離別的一瞬間，正像一片低罩的雨雲，我只夠時間來繫一條紅帶在你的手腕上，我的手顫抖著。今天，在瑪華花的季節，我獨坐在草地上，我心中兀是老想著一個問題：「你是否仍繫著那條小紅帶在你的手腕上？」

你從狹路上離去，路兩邊的麻田正開著花，我看見我隔夜給你的花環仍鬆弛地掛在你的頭髮上。但你為什麼不等待一下，等早晨我能採集新的鮮花來做最後的禮敬？

我不知，是否在半路上不知不覺地掉落了——那鬆弛地掛在你頭髮上的花環。

許多隻歌我曾唱給你聽，早晨和黃昏；當你離去時，最後一隻你帶著你的和唱聲走了。你不曾停留一下來聽我未唱的一隻歌，那隻讓你獨唱的永恆之歌。我不知，你最後有沒有厭倦了我的歌，那隻你哼著走向田野的歌。

35

昨夜，風雲險惡，阿姆拉克樹枝掙扎在狂風的暴力下。我希望，假使我做夢，夢見我所愛者的形像，在這被雨聲吵鬧的寂寞長夜。

淒風依舊號哭著竄越田野，黎明的淚染面頰是蒼白的。我的希望破滅了，事實是冷酷的，夢也有它自己的路。

昨夜，黑暗被暴風雨灌醉。雨像夜的面幕，被風撕裂成碎片。

我所愛者的形像來會我的非事實，在無星的鬧雨之夜？難道事實還要嫉妒那

36

我的腳鐐，你在我心中奏著音樂。我整天地和你在一起玩耍，且把你作為我的裝飾。

我們是頂要好的朋友，我的腳鐐。有好多次我很怕你，但是我的懼怕使我愛你更甚。

他是我長夜的良伴，在我告別以前，我向你鞠躬，我的腳鐐。

37

你曾經，我的小船啊，你的舵曾經壞了許多次，你的帆曾經裂成許多片。你時常拽著錨被漂向大海也不在乎。但是現在，你的船身有了裂縫，你的裝載很沉重。現在是時候了，你得結束你的航行，靠在岸灘上被水波舐著搖擺入睡了。

唉，我知道，所有的警告都枉費。惡運的蒙幕之臉引誘著你。暴風雨和浪濤的瘋狂

降臨於你。怒潮的音樂格外高亢。你被舞蹈的狂熱所搖撼。

於是，我的小船啊，斷了你的鐵鍊，得到了自由，無畏地衝向你的沉沒。

—— 38

當我年輕時，我追逐著潮流，奔馳得迅疾而猛烈。春風駘蕩，樹木燃成繁花，小鳥不眠地歌唱。

我用令人眩暈的速力疾駛，被感情的洪水載走。我沒有時間去觀和感，把世界成為我的世界。

現在，青春已退潮，我擱淺在岸邊，我能聽到萬物的高深音樂，天空把牠作為心的星斗開放給我。

—— 39

一個旁觀者坐在我眼的背後，似乎他看到了記憶邊岸以外的許多時和空的事物，那些被遺忘的景物，在草上閃光，在葉叢顫抖。在許多無名星星吐露微光的時刻，他從新的面幕底下看到所愛者的臉。因此，他的天空似乎因無數相逢和離別之苦而疼

痛，而這春風裡充溢著渴望，——那渴望充溢著無始年代的低語。

——
40

從我逝去的青春歲月帶來的音訊說：「我等待你，在未生五月的顫動之間，那裡，微笑為眼淚而成熟，時間因未唱的歌而疼痛。」

又說：「穿過死之門，超越年代的陳舊道路到我這裡來。雖則夢想褪色，希望幻滅，歲月集成的果實腐爛掉，但我是永恆的真理，你將一再會見我，在你此岸渡向彼岸的生命航程中。」

——
41

少女們出去到河邊汲水——她們的笑聲越過樹叢傳來，我渴望到巷子裡去參加她們一起。巷子裡山羊在樹蔭下吃草，松鼠從太陽中穿過落葉向陰影裡飛跑。

但是我的日課已經做完，我的水壺已經灌滿。我站在門口看著亞萊迦葉的閃閃綠色，聽見談笑的婦女們到河邊去汲水。

天天頂著我滿壺的負荷曾是我親切的工作，在露滴之晨的清新裡，在落日夕照的餘

暉裡。

當我心中閒逸時潺潺的流水向我娓娓陳述，用我愉快思想的靜默笑聲出來。——

當我憂傷時，用涕淚的飲泣向我的心訴說。在風雨之日，當響雨淹沒鴿子渴望的鳴聲時，我帶著牠。

我的日課已做了，我的水壺已裝滿，西方的日光減退，黑影集於樹下，從開花的亞麻田裡傳來一聲歎息，我的想望的眼隨著這巷子穿過村莊到達黑水的岸邊。

—— 42

你是否僅僅一幅畫，沒有那些星辰真實？沒有這個塵世真實？牠們因宇宙的運行而流動，但你無限地遠離在你的靜止中，你是描繪的形象。

那天，你和我一起行走時，你的呼吸溫暖，你四肢唱出了生命。我的世界從你聲音裡找到它的言語，你的臉撫觸了我的心。在「永恆」的陰影邊，你驟然停步，剩下我獨自前進。

生命，有如一個小孩，它笑著，它奔跑著去搖它死亡的玩物；它招呼我前去，我追隨著無形。但你站在那裡，你停在塵世和星辰的後面；而你是僅僅一幅畫。

不，不會這樣的。假使生命的滿潮完全在你身上停止，那末，江河將停止它的流瀉，黎明的足音將停止在她彩色的韻律裡。假若你髮光的暮色消逝在絕望的黑暗中，那末，夏的林蔭將和它的夢一起死亡。

我忘卻你，那能是實情？我們隨意的趕程，忘掉了路邊籬落上的花卉。雖則牠們的氣息不知不覺地進入了我們遺忘的冷宮，仍洋溢著音樂的節奏。你從我的世界遷移開，去取得我生命之根的位子，於是就這遺忘——記憶失落在它自己的深淵。你不再在我歌曲之前，已同我歌曲合一。你和黎明的初光同來我這裡。我在失去黃昏的最後金針時失去你。從此我常穿過黑暗來尋覓你。不，你不僅僅是圖畫。

―― 43

死去後，你拋卻我生命中永恆的大悲在你身後。你用你臨別的落日之色描繪了我記憶的地平線，留下淚之轍跡橫越大地去到愛的天堂。擁在親切的懷抱裡，生與死在我身體裡結合。

我想我能看見你點了你的燈守在樓臺上，那兒萬物的終結和開始相會。從此我的世界越過你開啟的門戶而去，――你把你自己的生命注滿了的死之杯舉向我脣邊。

44

在死亡中，我身外的一切就對你是死去的了，離卻世界的萬物，而完滿地再生在我的悲傷中，我覺得我的生命完美了，男與女永遠合一在我之中。

45

婦人啊，把美麗和秩序帶進我的寂寞的生命中來，像你活著時把這些帶進我的屋子，掃除掉塵汙的斷殘時刻，裝滿空瓶，修補一切的疏忽。於是開啟神龕內部的門，點上蠟燭，讓我們靜默地相會在我們的神前。

46

天空凝望著自己無垠的蔚藍而夢想著。我們雲霞是牠的幻念，我們沒有家。星星在「永恆」的王冠上閃光。牠們的記錄是不變的，而我們的記錄寫下後，隔一會兒便擦去了。我們的角色是出現在空中舞臺上，來敲響我們的羯鼓，投射笑聲的閃光。

但是我們的笑聲帶來陣雨，雨水確實是真的，而雷霆也不是一個玩笑。雖則我們對

「時間」不能要求酬報，吹我們成形的風，在我們還沒有得到一個名目以前便把我們吹散了。

—— 47

路是我已婚的伴侶。她整天在我腳底下說話，整夜地在我夢中唱歌。

我和她的會見無所謂開始，無窮的開始在每天的破曉，鮮花和歌唱更新這夏季，而她的每一次新的接吻對我都是初試。

路和我是情侶，為她我夜夜變換裝束，黎明時把殘舊的累贅扔在路邊旅舍裡。

—— 48

我每天走著這條舊路，我把我的水果帶到市場去，把我的牛牽到草地上，我搖我的船渡過溪水，沿途對我都是很熟悉的。

一天早晨，我的筐籃因貨物而沉重。人們在田野間忙碌，牧場擁擠著牛群；大地的胸膛因成熟稻穀的愉快而膨脹。

突然間空氣裡有一個震動，天空好像在吻我的前額。我的頭腦驚起像霧散的早晨。

49

我忘記順著路線了。我在小路上停了幾步，而對我熟悉的世界顯得對我生疏了。好像一朵花我只認識牠的花蕾。

我日常智慧是羞慚的。我在凡世的仙境迷途了。那是在我生平最好的運道，就是那天早上我失去了我的路徑，而找到了我永恆的童年。

我的孩子，你問我：「天堂在那兒？」——聖哲告訴我們，天堂超越乎生與死，不被日與夜的節拍所支配；它是不屬於這大地的。

可是你的詩人明白，它，因時與空而不絕地渴望著，它始終努力去出生於富饒的塵世。天堂滿足於你的芳軀裡：我的孩子，滿足於你跳動的心。

海歡樂地擊鼓，花踮起足尖來吻你。因為天堂在你身上，在地母的懷抱裡。

50

孩子（譯自洛埃（Duyendralal Roy）的孟加拉語）

「來吧，月娘娘，下來吧，月娘娘，來吻我寶寶的額頭！」母親抱著膝頭上的女嬰呼喊，當月兒微笑著有似在睡夢中一般。在老遠的村子裡，一枝牧笛飛揚起悲哀音調的噴泉。那年輕母親坐在平場上膝頭抱著嬰孩甜蜜地低唱：「來吧，月娘娘，下來吧，月娘娘，來吻我寶寶的額頭。」她先仰看一下天空之光明，然後俯視她懷裡的大地之光明。我則驚奇於明月的沉沉靜寂。

自芒果林濃影僻處的夜鳥之歌曲。在黑暗中偷偷地來到夏的隱約香氣，和來

嬰孩歡笑，跟著她母親唱：「來吧，月娘娘，下來吧，月娘娘。」母親露出笑容，月光的夜也含笑無言，而我，詩人，那嬰兒之母的丈夫，卻暗地裡在背後觀看這幅圖畫。

早秋季節的日子無雲，河水滿盈到齊岸，浸洗那淺灘邊危樹的裸露的根。長長的仄

徑，像是村莊伸出的乾渴的舌頭，垂進河流裡去。

我環顧四周，我的心滿足了，仰視靜空，俯瞰流水，感覺到樂趣的擴展，有如孩兒臉上的微笑般純樸。

—— 52

厭倦於等待，急性的花朵啊，冬天還沒有去，你們已經破裂你們的束縛。衝動的茉莉花啊，無形來賓的閃光到達你們路邊的守衛，你們奔跑喘息地衝出來，你們騷擾玫瑰的軍隊。

你是最先向死之破牆進軍者，你們色與香的喧囂攪亂了空氣。你們嘩笑，你們互相推擠，裸露著你們的胸，跌落成堆。

夏天會在牠的時間裡到來，揚帆於南風的漲潮。但你們從未計算無生氣的時刻去確定他來的時間。你們隨意浪費你們的一切在途中，在可怕的忠心之歡樂中。

你們聽見他的遙遠的足音，放下你們死的覆蓋給他踏上去。你們的束縛在見到救援者以前便會斷裂，他能前來需要你之前，你當他是你自己的了。

——53

香伯花（取材於達泰（*Satyendranath Datta*）的孟加拉語）

四月斷氣時我展開了我的花蕾，夏令用香吻去烙焦不願意的大地。我一半恐懼一半好奇地前來，有如一個調皮的頑童窺視隱士的密室。

我聽見了被盜綠林的驚恐的耳語，苦口兒傳出了夏令的倦怠之聲。透過我產房的紛亂之葉幕，我看見了世界的殘酷，灰白，和憔悴。

但我仍勇敢地出來，有著青春的信念，從天空的熾熱之碗，狂飲如火的烈酒，而高傲地招呼晨光。我，香伯花，在我心中有太陽的芳香。

——54

混沌初開時，從上帝的夢之攪乳裡升起兩個女人。一個是男人們所渴望的天宮之舞女。她歡笑，從智者的冷靜沉思裡，愚者的空腹中，摘取了他們的心，隨手把牠們像撒種般散播在三月的放蕩之風裡，散播在五月之花的瘋狂中。

另一個是聖母，那尊嚴的天國之后，以黃金之秋的豐盛為寶座。她在收穫季節裡招引那些游蕩的心，趨向那像淚珠般甜蜜的微笑，趨向那像靜海般深奧的完美，——招引牠們去到「未知」之廟堂，那「生」與「死」的神聖合流處。

——
55

正午的空氣顫動著，有如蜻蜓的薄紗之翼。村舍的屋頂像鳥類的孵雛般翼護著昏睡的家屬，苦口兒隱在密葉中唱出牠孤寂的悲哀。

清新流暢的音符落在人群無韻律的勞作上，把情侶的私語，慈母的愛吻，嬰兒的笑聲，都增加了音樂性。牠們流過我們的思想，有如溪水的流過卵石，每一個無意之時間；在圓潤那些卵石臻於完美。

——
56

在我，黃昏是寂寞的。我閱讀一本書來乾涸我的心。對於我似乎是這樣，美不過是商人們用詞藻製成的一樣東西。倦了，我合上書，熄掉蠟燭。頓時房間裡浸淫著滿室的月光。

「美」的精靈啊，清光盈空的你，怎能躲在小小燭光的後面，書上的幾個無用之字，怎能如迷霧的升起，蒙住了她，不使她的聲音緘默大地的心歸於無言的沉靜？

— 57

這個秋是我的，因為她躑躅在我的心中。她腳鐲的閃光之鈴在我血液中響鳴，她霧翳的面紗在我呼吸裡起伏。我知道，我所有的夢都在撫觸她的頭髮。她漂流在那些搖曳的樹葉間，那些在我生命的脈搏裡舞蹈的樹葉間，而她那翦水的雙瞳微笑於藍天，讓我飲喝它們的清光。

— 58

眾物擁擠譁笑在天空裡；，灰沙和塵埃像小孩們的跳舞旋轉。人的心被牠們的吶喊所喚醒；，他的意識希望成為牠們的遊戲伴侶。

我們的夢，漂流在渺茫溪水裡的夢，伸出牠們的手臂來緊握大地——牠們的努力凝固磚石，這樣人的城市建築起來了。

許多聲音從過去蜂擁而來——向現在尋找答案。牠們翅膀的撲擊鼓動著空氣呈現震

顫的投影。我們心中不眠的思想離開牠們的巢穴，飛渡朦朧的沙漠，形成感情的飢渴。牠們是無燈的進香者，尋覓光明的彼岸，在眾物中發現牠們自己：牠們會被引入詩人的吟哦，牠們會被寓居於未建的城鎮的塔中，牠們已從未來的戰場被征武裝起來，牠們被吩咐在將來的和平之競爭裡攜手。

—— 59

他們不在「我見一切」之鄉中建立高塔。一塊青草地沿著大路伸展，旁邊是一泓流水的清溪。蜜蜂縈繞那開放西番蓮的茅屋門框，男人們含笑地首途出差，而傍晚哼著歌曲回家來，無所酬勞，回到「我見一切」之鄉的家來。

中午，坐在天井的涼爽處，婦女們信口哼著搖她們的紡車，這時，飄過波動著的農熟，傳來牧笛的音樂。這怡悅了旅人的心，他邊走邊唱穿越那芳香叢林的蔭翳淡影，在「我見一切」之鄉。

商賈們裝載他們貨品啟航順著河流下駛，但他們不把他們的船隻碇泊在此鄉；士兵們飄揚著軍旗前進，但國王永不停止他的戰車。旅客們老遠走來，在此稍憩一會兒又走了，無所知悉於身在「我見一切」之鄉。

這裡無眾生互相推擠於路途。哦，詩人啊，建立你的房屋在此鄉。洗去你腳上的遠遊之塵，調好的琴，白天終結時舒展你自身於黃昏星底下的涼爽草地上，在「我見一切」之鄉。

60

國王的顧問，請取回你的錢幣。我是你派遣的婦女之一，派遣到叢林古剎中去引誘那個從未見過女人的年輕苦行者的婦女之一。我有辱你的使命了。

黎明破曉時那隱士到河裡來沐浴，他黃褐色的鬈髮擁塞在肩膀上，像朝雲的湧聚，他的四肢發亮，像一道日光。我們划著我們的小船譁笑又歌唱；我們躍入河中戲水謔浪，環繞著他跳舞。那時太陽升起以神怒的赤臉從遠水的邊緣照耀著我們。

像一個童神，那男孩睜開他的兩眼觀看我們的活動，那深受的驚奇使他的雙目炯若晨星。舉起他拱握的雙手，吟誦一首讚美的詩篇，他的稚聲有如鳥鳴，震顫那森林的每一張樹葉。從來沒有用這樣的言詞向一個凡女歌唱的；簡直像旭日從肅靜的群山巔升起時所受到的無言默讚。婦女們用手掩上她們的嘴，笑著偏斜她們的身體。

這時他臉上起著一陣疑惑的痙攣。我趕快到他身邊，十分痛楚地鞠躬到他腳上，我

說：「主啊，請接受我的服務。」

我領他到青草的河岸，用我綢衣的末端擦拭他的身體，我再跪在地上用我的垂髮拭乾他的腳。當我仰臉看進他的眼睛裡，我想我覺到了世界的第一個女人——我有福了，把我造成女人的上帝有福了。我聽到他對我說：「你是什麼未知的神？你的撫觸是超凡的神聖撫觸，你的眼睛有子夜的神祕。」

唉，不，不要露笑容，國王的顧問，——人世智慧之塵蒙蔽了你的視線了，老人啊。

可是這個男孩的清白，洞澈了煙霧，見到了光輝的真實，那女人的神聖。

唉，在我之中，女神竟覺醒了，那第一次禮讚的嚴肅之光。眼淚盈眶，晨曦像姊妹般愛撫我的頭髮，林地之風吻觸林花時也吻觸了我的額角。婦人們輕拍她們的纖手，笑她們淫蕩的笑，她們面紗曳地，散髮披垂，用鮮花去投擲他。

哎喲，我無瑕的太陽，我的羞慚不能織成濃烈的煙幕來隱蔽你嗎？我們倒在他腳邊叫喊：「請恕赦我！」像一隻受傷的鹿，我奔逃著穿越林蔭和平陽。我且奔且叫：

「請恕赦我！」婦人們淫穢的笑聲像爆裂的火燄般壓迫我，但那言辭永遠在我耳朵裡響著：「你是什麼未知的神？」

橫渡集

泰戈爾 著

裴普賢 譯

_1_

當我必須離去的這天,「太陽」破雲而出。

像是上帝的驚異,那天空凝視著大地。

我的心是愁悶的,它不知道那兒來了召喚它的呼聲。

是否微風帶來那被我遺棄的世界之低語連同它淚滴的音樂,融和在晴朗的靜穆中了呢?還是那遙遠海島的氣息曝曬在未知花叢的「夏天」了?

_2_

當市場收歇,他們就在黃昏中踏上歸程,

我坐在路邊觀看你駕駛你的小船,

帶著帆上的落日餘暉橫渡那黑水;

我看見你沉默的身影,站在舵邊,突然間我覺得你的眼神凝視著我‥

我留下我的歌曲;呼喊你帶我過渡。

3

起風了，我張好我的歌之帆，

舵手，坐在船舵邊。

為了要在風和水的韻律中跳舞，我的船正急急地解纜。

白天是過完了，現在黃昏到臨。

我岸上的朋友們已告別而去。

鬆開鍊條，拉起鐵錨，我們藉星光而航行。

就在這我離開的時刻，風激盪成音樂的低語。

舵手，坐在船舵邊。

4

接納我吧，我主，就在此刻接納我吧。

讓那些沒有你而度過的孤兒般的日子被遺忘掉。

就只把這片刻的時間伸展過你的膝頭，在你的光下握住它。

我曾流浪著去追求聲音，這聲音引誘著我，卻沒有帶我去什麼地方。

現在讓我置身和平中，在我靜默的靈魂裡諦聽你的言語。

不要把你的臉從我內心的幽祕轉向別處，但請點燃它們，直到它們因你的火燄而光亮。

—— 5

遠方暴風雨的童子軍已張開他們的雲幕在空際；光線暗淡了；空氣在樹林的無聲陰影中淚濕。

憂傷的平靜在我心底，有如音樂開始前彈奏者在琵琶上沉思的靜寂。

我的世界是靜肅的，它為了你進入我生命的極大痛苦之期待而靜肅。

—— 6

你已經做得不錯，我，愛，對於送給我你的痛苦之火，你已經做得不錯。

因為我的供香除非被焚燒，永不發出香氣來，我的燈盞除非被點燃，一直是盲目不明。

當我的心靈麻木，必須用你愛的電光來閃擊；那時被你的雷霆點上了火，就是蒙蔽我世界的黑暗也燃燒得有如火炬的通明。

— 7

把我從我自己的陰影裡救出吧，我主，從我殘破和混亂的日子裡，把我救出吧。

握住，請握住我的手。

救出我吧，從絕望中把我救出。

用你的火燄接觸我煩憂的無火之燈。

喚醒我疲憊的氣力，從它的昏睡中喚醒。

不要讓我逗留在後面計算我的損失。

讓大路對我每一步歌唱那屋子。

因為夜是黑暗的，你的香客已失去目力。

握住，請握住我的手。

8

提在我手裡的燈籠成為遙遠道路的黑暗之敵。

這路邊對我變成了一種恐怖，在那兒，即使是開著花的樹木也面目猙獰像是一個盛怒威嚇的幽靈；我自己的足音在蒙蔽的猜疑之回響中回到我身邊來。

於是我祈求你的晨光。在晨光裡，遠和近互相吻接，而在愛之中，死與生也將合而為一。

9

當你救我時，在你的世界的進香行列裡，腳步更為輕快。

當我心上的汙點被洗雪，我的心使你的太陽格外光輝。

在我的生命中，花蕾沒有開放成美麗的花朵，生物的心裡蒙上了憂傷。

當黑暗之覆蓋從我的靈魂除去，我的靈魂會帶給你的微笑以音樂。

10

你曾把你的愛送給我，你的禮物布滿這世界。

牠們惠賜我很多，但我不認識牠們，因為我的心是睡著的，而夜是黑暗的。

雖則失落在我夢的空穴裡，我還是時時被快樂所激動。

我知道，為報答你偉大世界的寶藏，在早晨，當我心清醒時，你會接到我一朵小小的愛之花。

11

我的雙眸因守望而喪失了它們的睡眠；假使我沒碰上你，守望仍然是甜蜜的。

我的心坐在煙雨的陰影裡等待你的愛；假使她被奪取了，期望仍然是甜蜜的。

他們把我遺留下，從不同的路徑走開了；假使我獨自一人，諦聽你的足音仍然是甜蜜的。

大地的切盼之臉編織著它的秋之霧，在我的心裡喚起了渴望；假使那是枉費，感到渴望的痛楚仍然是甜蜜的。

12

保持著對你忠誠的信仰，我的心，天就要破曉。

許可的種子深埋在土裡，它會萌芽挺生的。

睡眠，像一個花蕾，將把它的心瓣向光明展開，靜默會發現它的聲音。

日子近了，那時你的負荷會變成恩賜，你的苦難會照亮你的途程。

13

婚禮的鐘點是在黃昏時刻，那時，鳥兒已唱過牠們最後的歌曲，風憩息在水上。那時，落日在新房裡鋪開地毯，燈盞是準備著點個通宵。

在沉靜的黑暗後面，步行著一個看不見的來客，我的心顫抖著。

歌聲靜下來，因為祝辭要在黃昏星底下宣讀。

14

夜晚，騷鬧疲倦了，海的低語遍布空際。

日間雲遊的種種慾念歸來，環繞著點燃的燈盞而休息。

愛的活動靜止成為崇拜，生之流觸到深淵，形體的世界歸巢在美之中超越了一切形體。

— 15

在這個睡眠的人間，在倦宿於靜止樹葉間的空氣裡，誰是獨一的覺醒者？覺醒在靜

寂的鳥巢裡，在花蕾的祕密中心？覺醒在夜的悸動星斗間，在我生存的痛苦之深淵？

— 16

你在黎明時來到我門前唱歌，使我從睡夢中醒來，這惹氣了我，沒有被理睬，你走

開了。

你在中午時前來要水喝，我正在工作，這激怒了我。你受著譴責被打發開了。

你在夜晚帶著熊熊的火炬前來。

你對我像是一個可怕的人物，於是我就關上我的門戶。

如今，在子夜時分，我獨坐在無燈的屋裡，喊你回來，那個被我無禮趕走的人。

17

把我這生命從塵埃中撿起。

把它看守在你的目光下，掌握在你的右手中。

把它舉起在光亮裡，隱藏在死亡的陰影下面；

把它和你的星群一起保管在夜之寶箱裡，然後在早上讓它在禮拜中盛開的繁花裡發現自己。

18

我知道，這生命失去愛之成熟，並未統統都失去。

我知道，花朵在黎明時凋謝，溪流在沙漠中迷失，並未統統都失去。

我知道，在這生命裡任何因遲鈍而落後的，並未統統都失去。

我知道，我的夢迄未完成，我的曲調迄未彈奏，牠們依附在你的琴絃上，牠們並未統統都失去。

19

你來到我這兒，在春天的不定時刻，帶著笛曲和花朵。

你攪得我心湖的漣漪興波，激盪著愛之紅蓮。

你要求我同你一起出來，進入生命的祕密之處。

可是在五月的沙沙樹葉中，我感到睏倦了。

當我醒來時，雲兒聚在天空，杜葉在風中飄舞。

透過雨的淅瀝，我聽到了你走近來的腳步聲和一種呼喚，同你一起出來，進入死亡之祕密。

我走到你的身邊把我的手放在你的手裡，那時，你的雙目燃燒而水從你的髮際下滴。

20

白晝因雨而溟濛。

憤怒的電光掣過破碎的雲幕。

樹林像入籠的獅子，失望地搖擺著牠的鬃毛。

如此的一個日子，在狂風撲翅中，讓你駕臨，使我得到我的和平吧。

因為憂鬱的天空蔭覆著我的孤寂，加深了你撫觸我心的意義。

—— 21

那一夜，暴風雨衝破我的大門，

我不知道你越過廢墟進入我的房裡，

因為燈被吹熄了，變成一片漆黑；

我張開我的雙臂到空際去尋找助力。

我躺在塵土上，在喧噪的黑暗中等待，我並不知道暴風雨就是你自己的標記。

當早晨來臨，我看見你站在太虛之上，在我房屋的上方。

—— 22

來者是破壞之神嗎？

因為淚水的狂暴之海，漲成痛苦的滿潮。

紫雲在風中被閃電鞭策著狂奔，「瘋狂」轟雷般的大笑響遍空際。

生命坐在戰車裡由死神加冕。

獻出你的供品給他，你那所有的一切。

不要把你的儲藏緊抱在懷中，不要往後面看。

在他腳邊低下你的頭，把你的頭髮垂到塵土裡。

就在這剎那間上路吧。

因為燈盞已被吹熄，屋子是空寂的。

暴風尖銳地叫著穿過你的門，牆壁在搖動，從你眼界以外的幽暗之土傳來呼喚的聲音。

不要因恐怖而隱蔽你的臉；流淚也是枉然；你的門鏈已經折斷。

跑出去趕你的航程吧，去到一切歡樂和煩惱的終點。

讓你的腳步成為絕望之舞的腳步。

唱「在死亡中予生命以勝利」。

接受你的命運吧，啊，「新娘」！

穿上你的紅衣服跟隨著「新郎」的火炬之光度過黑暗。

23

我是靠緊你的，縱然我沒有知道，——當我傷害你時。

最後我承認你是我的主人，——當我反對你而被擊敗時。

我僅僅使我對你的負債沉重，當我暗中搶劫你時。

我堅決保持著我的傲慢，來反對你的潮流，僅僅感到你的一切力量都在我的胸中。

我叛逆地在我屋裡熄滅了燈光，你的天空的星星卻使我驚奇。

24

你是像我的憂傷般來到我這兒嗎？格外地，我一定要緊纏著你才行。

你的臉蒙蔽在黑暗裡，格外地，我一定要看見你才行。

你的手發出的致命的一擊，讓我的生命在火光中跳起來。

眼淚從我雙目流瀉，——讓它們流繞在你腳邊禮拜。

讓我內心的痛苦對我訴說，你仍然是屬於我的。

—— 25

我自己隱藏著來躲避你。

如今，我終於被捉住了，打我吧，我會畏縮嗎？

從此結束這個遊戲。

假使你最後贏了，就剝除我所有的一切。

我已經有我的笑和歌在路邊茅舍裡和莊嚴廳堂裡，——現在你已降臨在我生命中，

使我流淚吧，你能碎裂我心嗎？

—— 26

當我從你的愛中醒來，我舒適之夜就要結束。

你的日出將用它火的試金石碰觸我心，我的旅行就在它勝利的痛苦之軌道上啟程。

我會敢於接受死的挑戰，並在嘲笑和威嚇的心裡帶來你的聲音。

我將袒胸去接受加到你孩兒們身上的虐待，冒險犯難來站在你的身邊，在那兒，沒有別的任何人，只有你獨自餘留。

27

我是厭倦的夏之大地，乾枯而僅有微命。

我等待你的甘霖在夜裡沛然下降，我袒開胸膛默默地領受。

我想望報答你以我的歌曲和繁花。

然而我的倉庫空無一物，只有透過枯草從我心裡發出深沉的歎息。

但是我知道你要等待早晨，那時，我的鐘點會有財富充溢。

28

到我這兒來，有如夏天的烏雲，展播你的陣雨從此空到彼空。

用你莊嚴的陰影加深山陵的紫氣，復蘇無生氣的樹林使繁花滿枝，喚起在山澗心裡的遠方探索的熱情。

到我這兒來，像夏天的烏雲，用隱藏之生命的允諾，和綠色的歡樂攪動我的心。

我曾經在夜晚碰觸白晝邊緣的地方遇到過你；在那兒，光亮把黑暗驚嚇成黎明，波浪把此岸的吻觸帶到彼岸。

從深不可測的澄碧之心發出黃金的呼喚，越過眼淚的迷濛，我嘗試去凝視你的臉，可是不能確知是否你是可見的。

假使愛拒絕了我，那末，為什麼早晨把它的心迸裂成歌曲？為什麼南風的低語散播在新生的樹葉中？

假使愛拒絕了我，那末，為什麼子夜在渴慕的靜穆中，忍受那些星星的苦痛？

為什麼這顆癡愚之心，還冒險地投擲它的希望在無涯際的海上？

僅僅是我禮物的一部分在這世界上，其餘的都在我的夢中。

你，那常常規避我之撫觸的人，隱藏著你的燈盞，在祕密的沉默中來到這兒。

我將因黑暗中的顫動而認識你，因不可見的世界之低語而認識你，因那不可知的海岸之呼吸而認識你；——

我將認識你，因我的心融化為淚之憂傷的突然愉快而認識你。

—— 32

我知道你將有一天要贏去我的心，我愛。

透過你的星星，你深深地凝視到我的夢裡；

你把你的祕密放在你的目光中送給我，我沉思，而我的眼睛因淚水而迷糊了。

你的求愛是在輝煌的天空裡，在瑟瑟的樹葉中顫動著，在那洋溢著牧笛的虛耗鐘點裡，在陰雨迷濛的黃昏裡，那時，心因孤寂而苦痛。

—— 33

有人暗地裡留在我手裡一朵愛之花。

有人偷取了我的心把它散布在天空的各處。

我不知道是否我已找到了他，還是正在到處找他，那是一種苦的痛楚還是樂的痛

楚呢？

———
3
4

雨水掃蕩著天空，從此端到彼端。

在狂野的濕風裡，素馨花耽溺在它們自己的芳香中。

有一種祕密的歡樂在夜的懷抱裡，那是蒙紗的天空在它隱藏的星星間的歡樂，那是

子夜森林在它貯蓄鳥歌中的歡樂。

讓我用它來填滿我的心，並且祕密地帶著它度過白晝。

———
3
5

當我在白天旅行時，我感到安全，我沒留心你的路途的奇妙，因為我正以我的速度

自豪；你發的光站在我與你之間。

如今是夜晚了，我在黑暗中的每一腳步都感到你的道路，繁花的芬芳正洋溢在靜謐

中———像熄燈後母親對孩兒的低語。

我緊握你手，在我的孤寂中，你的撫觸伴著我。

36

航行經夜，我來到生命的筵席上，晨之金杯，正為我注滿了光彩。

我快樂地歌唱，

我不知施主是誰，

我也忘記了詢問他的名字。

中午，我腳底下的灰塵變得發燙，頭頂上是火傘的高張。

被乾渴所驅遣，我到達井邊。

水灌注給我。

我飲喝。

我愛那紅寶石杯，有如接吻般甜蜜。

我沒有看到那個持杯人，也忘記了詢問他名字。

疲乏的黃昏，我覓路回家。

我的嚮導帶了燈來，向我招手。

我詢問他的名字，

但我只見他的燈光穿越靜默而行，只感覺到他的笑容充實了黑暗。

——37

是黑夜，不要棄我而去。

那穿越荒野的道路寂寥而黑暗，迷失在紛亂中⋯

疲倦的大地靜臥在那兒，有如無杖的盲者。

我似乎一生專為等待這一瞬，去點上我的燈挑選我的花朵。

我已到達無岸大海的邊際，來躍身而入，永遠消失我自己。

——38

我沒有知道，在黎明之前我已受到了你的撫觸。

通過我的睡眠，訊息慢慢地傳到了我，這是淚的驚詫，我張開了我的眼睛。

天空裡似乎為我充滿了低語，歌聲沐浴了我的四肢。

我的心俯伏禮拜，有如一朵負露之花，我覺到我生命的洪流衝向那無窮。

39

已經很久沒有來客了，我的門鎖著，窗關著；我想我的夜晚將是孤寂的。

當我睜開眼來，我發現黑暗已經消失。

我起床跑出去，看到我的門閂都已打開，透過敞著的門，你的風和光飄颺著它們的旗旘。

你仍用我的自由來拘束我。

如今在我開啟的門旁，我靜坐著等待你的到來。

我在自己的屋裡是一個囚犯，把門關著，我的心常常打算去逃亡和流浪。

熄掉你的燈盞，我的心，你的孤寂之夜的燈盞。

呼喚聲要你去打開你的門，因為晨光已普照。

把你的琵琶留在角落裡，我的心，你那孤寂生命的琵琶。

呼喚聲要你悄悄地出來，因為早晨唱著你自己的歌曲。

—— 41

今早，你的最早花朵的禮物到我這兒來，也來了你的光的微弱曲調。

我是一隻蜜蜂，曾在你黃金般的黎明之心中打滾，

我的翅膀因它的花粉而閃耀。

在你四月裡的歌曲之筵席中，我已發現我的位置，我解脫了我的腳鐐，有如早晨在

它的迷霧中的單純遊戲。

—— 42

解放我，像野鳥般自由，成為無須路徑的遊蕩者。

解放我，像雨的傾注般自由，像風暴之震撼它的鎖鍊，衝向未知的終點。

解放我，像林火般自由，像雷霆的大笑，投擲輕蔑向黑暗。

—— 43

你召喚我時，我正在牆陰下瞌睡，我沒有聽到你的聲音。

於是你親手打我，流著淚打醒我。

我驚跳起來，看見太陽已上升，漲潮帶來深海的呼喚，我的小船已經在跳舞的水上搖盪著。

歡樂吧！

因為夜之束縛已經解除，夢幻已經消失。

你的世界已經撕裂它的面幕，晨之蕾已放開；醒來吧！哦，睡者，醒來吧！

光的問候次第伸展，從東方到西方。

在殘破監獄的壁壘上升起勝利的凱歌！

就在這一剎那，我看到你坐在晨之黃金地毯上。

太陽在你的皇冠裡照射，星星滴落在你的腳邊，人群前來向你禮拜之後又走開，詩人默默地坐在角落裡。

46

我的客人已經來到我的門口，在這個秋之清晨。

唱吧！我的心，唱你的歡迎歌！

使你的歌成為日照之藍的歌曲，成為露潤空氣的歌曲，成為收穫田地之豐盛黃金的歌曲，成為喧噪之水的謹笑歌曲。

或者靜靜地站在他面前一會兒，注視著他的臉；

然後離開你的屋子悄悄地跟他出去。

47

我住在大路陰暗的一邊，隔著路觀望我鄰居的花園在陽光下狂歡。

我感到我的貧窮，就懷著飢餓沿門挨戶地走去。

從他們漫不經心的豐富中給予我的愈多，使我更自覺我手持的是乞者之碗。

直到一天早晨，我的房門突然開啟，我從睡眠中驚醒，你前來要求賑濟。

失望地我打開我的箱蓋，驚訝地發現我自己的財富。

48

你曾把他擁到你的懷抱並以死亡給他加冕，常常等候在外面，像個乞丐等候在生命的筵席旁的人。

你曾把你的右手放在他的失敗上，並吻他以和平，這制止了生命的瘋狂乾渴。

你已使他成為一個，與所有的國王，以及智慧的古代世界合一。

49

在這世界的汙濁道路上我丟掉了我的心，但是你把它撿起放在你手裡。

在我尋找我歡樂時，我拾取了憂傷，然而你送給我的憂傷，在我生命裡卻轉為歡樂。

我的願望已被碎成片片，你收集它們，並在你的愛中把它們貫串起來。

當我沿門挨戶的流浪，每一腳步都把我引向你的大門。

50

當我在大路上，我是同群眾在一起；

到路的盡頭，我發現只有我和你。

我不知道我的日子在什麼時候暗成昏黑，也不知道我的同伴們什麼時候離開了我。

我不知道你的門戶何時開啟，我站著驚奇於我自己之心的音樂。

但是雖然牀已鋪好，燈已點亮，只有我們倆，你同我，我的眼睛裡仍有淚痕嗎？

——
51

當他們來到，喧譁著圍繞住我，他們把你從我視線中隱蔽。

我想最後終究將把我的禮物帶給你。

而如今，白天已經過完，他們都已拿走他們應得的，把我單獨留下。

我看見你正站在門邊。

但是我發現我沒有禮物留下給你，我就向你拱舉我的雙手。

——
52

你已經施給我很多，

我卻要求還要增加——

我來到你處，不僅僅是為了一杯水，而是為了泉源；
不只是為了要求引導到大門，而是到「主人」的大廳，是為了愛者的本身，不只是
為了愛之禮物啊。

—— 53

在我開始我的一天之前我到你這兒來取得你的撫觸，讓你的眼停留在我的眼上一會兒。
讓我把你友誼的保證帶向我的工作，我的朋友。
將你的音樂注滿我的心靈，讓我能經歷吵鬧的沙漠！
讓你的愛之陽光吻接我思想的峰巔；然後逗留在我收穫成熟的生命之谷裡。

—— 54

站在我的眼前，讓你的瞥視接觸我的歌曲使成火焰。
站在你的星群中間，讓我可以尋找生在它們光裡的我自己的崇拜之火
大地正等候在世界的路邊；
站在綠斗篷上，那個她鋪在你的小徑上的綠斗篷；並讓我在她的草地和牧場花叢裡

感覺到我自己的問候之伸展。

站在我的孤寂黃昏裡，在那兒我的心獨自守望著，填滿她的寂寞之杯，讓我感到，

就在我自身上，你的愛之無限。

—— 55

讓你的愛在我的聲音上遊戲，在我的沉默上休憩。

讓它透過我的心進到我一切行動中去。

讓你的愛在我睡眠的黑暗裡像星星般照射，在我醒來時像黎明的降臨，

讓它焚燒在我慾焰裡，

讓它流動在我本身的愛之全部急流中。

讓我把你的愛像豎琴奏樂般帶進我的生命裡，最後再把它同我的生命一起還給你。

—— 56

我的「王」啊，你把你自己隱藏在你的光榮中。

沙粒和露滴比你本身更傲岸顯赫。

世界不愧於把你的萬物稱為它自己的——而且它永不惹起羞恥。

你為我們騰出空地，而你卻靜靜地站在一邊，因此愛點燃了她自己的燈盞去尋覓你，未經邀請便前來向你禮拜。

———
57

當我從宴會的屋子回家時，子夜的魅力靜止了我血液中的舞蹈。

我的心立刻變沉寂了，像燈盞熄滅了的散場戲院。

我的心靈越過黑暗站在星群間，我看見了我們正毫無懼怕地遊戲在我們「王」之宮殿的靜寂庭院裡。

———
58

昨夜，當我心默念我浪費了的那些日子，我就想到你對我說過——

「在青年的粗率生涯中，你仍把你房子裡所有的門戶開放著。

世界就隨它的高興而進出——這世界連同它的塵濁，疑忌和混亂——連同它的音樂。

和狂妄的群眾一起，我一再到你這兒來，既非你所知也非你所命。」

假使你在明智的隱遁中關閉了你的門戶，我怎麼能找到進入你屋子的路呢？」

—— 59

沒有人需要被撞到旁邊去而為你騰出空地來。

當愛準備你的位子，她也為所有的人準備。

塵世之王所到之處，守衛把群眾阻擋在外邊，但當你來時，我王，整個世界跟在你後面來到了。

—— 60

伴同著他的晨之歌曲，他來敲叩我們的大門，帶來他的日出之問候。

隨同他，我們帶我們的牛群到田野去，在蔭翳裡吹奏我們的笛子。

我們丟下他，卻一次又一次地在市場的人群裡找到了他。

在白天忙碌的鐘點裡，我們忽然遇到了他，正坐在路邊的草地上。

他打鼓時我們前進，

他唱歌時我們起舞。

我們把我們的歡樂和憂傷來玩他的遊戲，直到完畢。

他站在我們船的舵邊，

伴同他，我們在危險的波浪上搖擺。

當我們的日課做完，我們點起我們的燈盞來等待他。

61

跑到他那邊去做他的同志吧，他正和所有的工作者一起工作呢。

環繞著他坐下來做他的夥伴吧，他正在那兒玩他的遊戲呢。

跟隨他，跟隨著他前進，步伐配合著他擊鼓的韻律。

衝進市集的稠密處——那生與死的市集。

因為在這兒他是和群眾一起，在他們擾攘的中心。

不要逡巡，不要在你的路程上逡巡著，披荊斬棘攀越荒寂的山嶺。

因為每一腳步正響著他的呼喚，我們知道那就是愛的聲音。

——
62

清晨，當鐘聲在你寺院響起時，男男女女趕快帶著他們鮮花的供奉，走下林地小徑。

可是我卻躺在蔭翳裡的草地上，任他們從我身旁經過。

我想，我懶惰是不錯的，因為那時我的花尚未開放。

白晝終結時，我的花已盛開，我就去做我的黃昏禮拜。

——
63

我「王」之路，靜靜地橫在我屋前，使得我心有所想望。

它向我伸出招呼的手·；它的沉默喊我走出我的家·；帶著無言的懇求，每一步它都吻觸我的腳。

它引我前進，我不知道要引到什麼放蕩之路，什麼意外的獲得，或者不幸的遭遇。

我不知道那兒是它曲折的盡頭──

但是靜靜地橫在我屋前的我「王」之路，使得我心有所想望。

64

白天終結時，我步向我「王」之屋，旅人們來問我——

「你帶給王什麼奉獻？」

我不知道拿什麼給他們看，或怎樣回答，因為我僅只有這隻歌曲。

在我的屋裡，我的準備是大規模的，在那兒，主意很多，多的是那出主意的人。

但是當我來到我「王」之屋時，我只有這簡單歌曲的奉獻，以點綴他的花鬘。

65

我的歌曲和春花一樣，都來自你處。

但是我卻帶了這些來給你，當做是我自己的，

你含笑接受了它們，你為我驕傲的歡樂而喜悅。

假使我的歌曲之花是脆弱的，凋謝而落到塵土裡，我將永不傷心。

因為在你手裡，缺乏並不是遺失，那些盛開成美麗的易逝片刻，在你的花鬘中已保持常新。

泰戈爾詩集 456

66

我「王」，你曾叫我在路邊奏我的橫笛，讓那些負擔著無聲生命的重荷者，可以在他們的差使裡停留一會兒，在你宮殿大門的陽臺前坐憩，驚歎；讓他們可以看到更新了陳舊的，重新發覺他們經常看到的，並說：「花兒盛開，鳥兒歌唱。」

67

當我最初的早歌在我心中甦醒，我想它們就是晨花的玩伴。

當它們振翅飛入荒野，那在我看來，像是夏日的精靈隨著迅雷的轟擊下降，去在譁笑中消耗它的一切。

我想它們有暴風雨的狂嘯向前衝進，並在落日之域以外迷失了它們的路徑。

但是如今，在黃昏之光裡，我看到岸的藍線，

我知道我的歌曲是小船，它們載著我橫渡怒海，到達港岸。

68

在你的琵琶上有很多的絃索，讓我把我自己的加進它們中間。

這樣，當你彈奏你的琴絃時，我的心將打破它的沉寂，我的生命將同你的歌曲合而為一。

這樣，在你的燈節的舞蹈裡，我的心將怦動，我的生命將同你的微笑合而為一。

在你無數的繁星中間，讓我安放我自己的小小燈盞。

69

讓我的歌曲單純似清晨的甦醒，像樹葉上落下的露滴。

單純似雲霞的彩色，和午夜的陣雨。

但是我的琴絃新調整好，它們投擲它們的音符有如新鑄槍矛的鋒利。

於是它們失去了風的精神，損傷了天空的光彩；我這些歌曲的節奏奮力搏鬥，去阻退你自己的音樂。

—— 70

我曾看到你在生命的舞廳裡奏你的音樂；在春天的驟然迸葉中，你的笑聲曾來向我問候，躺在田野花叢中，我曾聽到你在青草裡的絮語。

孩兒曾把你希望的訊息帶到我屋裡來，還有那婦人，你愛之音樂。

如今我正等候在海邊，好在死亡中覺到你，在夜的星歌裡把生命的餘音再找回。

—— 71

記得我在童年時代：每天，旭日會帶著牠的晨之新奇，像我的玩伴般闖進我的牀邊來；每天，對奇異的信仰會像我心中的鮮花般展辦輸香，於是在純樸的愉快心情裡，觀瞻那世界的容顏；那時，無論昆蟲，飛禽和走獸，一般的野草閒花，以及天際的浮雲，都有牠們最豐富的令人驚異之價值；那時，夜裡雨聲的淅瀝帶來仙境的夢幻，黃昏慈母的聲音，賦與星辰以意義。

之後，我想到死亡，想到帷幕和新的晨光之升起，我的生命在它愛的新鮮驚異中醒來。

459　橫渡集

世界啊，當我的心不在愛中吻你，你的光失掉了它充足的燦爛，你的天空點起燈盞，看守長夜到通宵。

我的心伴同她的歌曲來到你身邊，低語是被更換了，她把她的花環套在你的頸項上。

我知道她曾給了你一些東西，這些東西將同你的繁星一起被珍視。

你從很早的時辰就給了我你窗邊的位子。

我曾對在路上奔走你差事的你的沉默僕役們說話，又曾同你天空的合唱隊一起歌唱。

我曾看到大海在平靜中帶著它不可測量的沉默，在暴風雨裡掙扎著去打開它自己深奧之神祕。

我曾觀望大地，在它青春的揮霍宴會裡，在它沉思陰影的緩慢鐘點裡。

那些去播種的已經聽到我的祝頌，那些帶著他們的收穫物回家或他們的空籃子的曾在我的歌曲旁經過。

這樣終於我的白天結束了，如今，在黃昏時候，我唱我最後的歌曲，說我曾愛過你的世界。

—— 74

是我的命運，作為你的歌者之服務。

在我的歌曲裡，我曾賦與你春花以聲音，給你的沙沙樹葉以韻律。

我曾唱入你夜之恬靜，和你晨之清明裡去。

第一次夏雨的震顫曾進入我的曲調裡，進入秋收的波浪裡。

我主，最後當你收拾我心進入我屋裡來時，不要讓我的歌曲停止，但讓它闖進你的歡迎裡。

—— 75

我生命的貴賓們，

你，在晨光曦微時光臨，而你，在夜間枉駕，

你的名字，由春花說出，而你的，是由陣雨吐露。

你帶著豎琴進入我屋，而你，帶著燈盞。

在你們告別以後，我發現上帝的足印，在我的地板上。

如今，當我在我的進香結束時，在禮拜的黃昏花叢裡留下我的敬禮給你們全體。

我覺得我看到了你的臉，我就在黑暗中乘船出發。

如今清晨在微笑中破曉，春花正盛開。

但是假使光線微弱，花兒凋謝，我仍會向前航行。

當你對我做出無聲的信號，世界安眠，黑暗毫無隱瞞。

如今鐘聲嘹亮，船負載著黃金。

但是假使鐘聲沉寂，我的船空無一物，我仍會向前航行。

有些船已離去，有些還沒準備，但是我將不會滯留在後頭。

帆已張滿，鳥群從彼岸飛來。

但是，假使布帆下垂，假使岸上的音信遺失，我仍會向前航行。

「旅人，你到那兒去？」

「我沿著兩旁栽樹的小道，在羞紅的黎明中到海裡去沐浴。」

「旅人，那海在那兒？」

「在這河流結束它行程的地方，在那黎明開始進入清晨的地方，在那白天垂向昏暗的地方。」

「旅人，有多少人跟你同來呢？」

「我不知道如何計算他們，他們正借著燈光整夜旅行，他們正整日歌唱著水陸兼程。」

「旅人，那海有多麼遠？」

「多少遠是我們全體在詢問的。

當我們靜止我們的談話時，它那海水的滾滾怒吼響徹雲霄。

它常常像是很近卻又遙遠。」

「旅人，太陽變得格外強烈了。」

「是的，我們的旅程既悠長又難堪。

誰精神疲倦了就歌唱，誰內心怯懦了就歌唱。」

「旅人，黑夜追襲你將怎樣？」

「我們就躺下睡覺，到新的早晨伴著它的歌曲破曉，海的呼喚在空氣中飄盪。」

— 78

大路的同志啊，

這兒給你我旅人的敬禮。

哦，我破碎之心的主人，

給你我破敗房屋的敬禮！

哦，新生清晨之光，

無窮白晝的太陽，

給你我不死希望的敬禮！

我的嚮導，

我是一個無盡路途的旅人，

我給你一個漂泊者的敬禮。

後　記

因為我們是用消遣和欣賞的心情來翻譯泰戈爾詩的，我們有空就閱讀幾首，欣賞一下，順手譯出，譯完一冊，也不急謀出版，暫時只謄清了放在手頭玩索修改。所以從第一冊《漂鳥集》的譯成，到這第七冊《橫渡集》的校訂竣事，前後相隔有整整十年的時光。

這七冊泰翁詩集的譯本，大多是消夏的成績，民國三十七年夏天我譯成《漂鳥集》後，三十八年三十九年夏天和長女榴麗合譯《新月》、《採果》，其他《頌歌》、《愛貽》等，我也譯了若干首。四十年計劃出版一本包括泰翁詩八集的《泰戈爾詩總集》，因力所不逮，未能實現。此後經過了四年的擱置（僅有零星的迻譯和發表），直到四十四年春香港大學《生活月刊》創刊，新亞書院畢業同事古梅、楊遠主其事，來信洽稿，才把《漂鳥集》在該刊連載。想不到由於《漂鳥》的連載，竟重新掀起我國的泰戈爾熱。

《漂鳥集》連載後，臺北三民書局要求出版單行本，於四十五年七月初版，不旋踵而再版三版，風行一時，於是《新月》、《採果》，經過仔細校訂後也陸續出版。四十六年夏譯完《頌歌集》，並與內子普賢合譯《園丁集》問世。今年夏天，我譯完《愛貽集》，普賢譯出《橫渡集》。但八九月間，普賢為完成她著作《中印文學關係研究》一書的修訂工作，《橫渡集》的修改潤飾和謄清，已在十月裡。現在我再仔細加以校訂，完成了最後一套手續。至此計劃翻譯的泰翁詩，重要的七冊都已譯出。同時精選泰翁代表作的工作，去年夏天，我與普賢已選譯了《泰戈爾小說戲劇集》交三民書局出版。宿願得償，因記其經過。至於《泰戈爾詩集》之八《流浪集》（The Fugitive）的原文單行本，始終沒有覓購到，《泰戈爾詩歌戲劇集》（Collected Poems and Plays of Rabindranath Tagore）中，《流浪集》部分，只有刪節本，所以暫時不譯。泰戈爾詩的精選，已編入《印度文學講義》中，不擬另出單行本。

Crossing 舊譯作《歧路集》，今普賢就集中詩句之意，改譯為《橫渡集》，「橫渡」即佛經中的「波羅蜜多」，乃超度彼岸之意。

我在《漂鳥集》的序文中，指出了鄭振鐸所譯《飛鳥集》太草率，錯誤很多，所刪六十八首又大半是書中精彩部分，這樣譯書，太不負責任。《飛鳥集》久已絕版，因我的

批評，意想不到，附匪的鄭振鐸竟即補譯六十八首，並對指出的錯誤全部改正，在大陸重新出版修訂本。聽說因此並另有他人譯的泰戈爾詩也在大陸出版了。這樣，讓窒息於共匪馬列主義唯物教條下的大陸青年，也有自由思想的泰翁詩可以閱讀，誠然是我們所樂聞的。

《泰戈爾詩集》七冊和《泰戈爾小說戲劇集》，蒙羅家倫先生一一賜書封面，《採果集》蒙梁實秋先生賜撰序文，《園丁集》蒙沈剛伯先生賜撰序文，《新月集》蒙蘇雪林先生補賜序文，應該重申我們的謝忱！穆中南、伍稼青、覃子豪、謝冰瑩、張秀亞、鍾梅音、王集叢、歸人、墨人、于吉、謝青、丁慰慈、彭邦楨、應未遲、百合、吳崇蘭、崔焰焜、王默鐸諸先生，對我們所譯泰戈爾詩均有寶貴的意見，予以評介，不論我們認識與否，一併在此誌謝！（見聞不及或一時疏漏者，乞恕！）臺灣大學的同學鄭清茂、林文月、王貴苓、王葆珍、柳鐘城、王雪真、李先鋒、鮑平、葉松君，師範大學的同學董悅明、鍾京鐸、鄭仁甦、鍾毓田、劉明傑、劉玉勳、吳駿輝、劉彩姐、邱棨鐊、白玲、張健、唐文德等，他們有閱讀心得發表在臺、港兩地的報章雜誌上，對泰翁詩有相當的認識和闡述，我也在此記下一筆，以留紀念。

又，我在《愛貽集》的序文裡，曾提到梁啟超先生給泰翁起中國名字竺震旦的事，

在《頌歌集》的跋文中，則抄錄了胡適之先生給泰翁六四生辰的祝壽詩。現在我想起泰翁對於他那年在華和梁啟超、胡適、徐志摩等歡度六四生辰的事，相隔十六年後，仍有親切的回味。他曾在病榻上寫下了一首紀念中國友情的詩，可與民國二十七年他寫給我們蔣總統讚美我國神聖抗戰的信札媲美，特譯出附錄於後：

這個我曾記得。

我從許多香客那裡收集了聖水，

在我生辰的瓶裡，

有一回，我去到中國，

那些我以前不相識的他們，

將好友的標誌點在我的額頭，

把我當做一家人。

我不期然地把作客的外套脫卸了，

永遠顯示著人的赤裸相見之歡欣。

我穿上了中國衣服，取了個中國名字，

在我心裡早已領會到：

我在那裡找到了朋友，我就在那裡再生，

享有了生命的奇妙。

在異鄉開著不認識的花朵，它們的名字怪生疏，

異鄉的土壤是它們的祖國；

但在靈魂的樂土裡，

他們的親屬，卻受到了熱誠的歡迎。

中華民國四十七年十一月糜文開記於臺北

天國的夜市　余光中　著

收錄余光中年少時的詩作六十二首，他讓那段時光渲染成久遠的思尋，斟一壺青春的酒，仰首便成美歌；作一段青春的詩，揮毫便成佳作。他有著才華洋溢的靈魂，仰一仰月，月便該成色。

夜幕低垂，群星熠熠
是該把今夜拉長到天國夜市的
燈火升起

無法掩藏的時候　陳肇文　著

生命的所有經歷最終都歸結至情感以及愛。

向陽評陳肇文是「十足地表露一個醫學院詩人的冷智與熱愛，……透過詩作，漸近地、由淺入深地探索著愛與生命的課題。」

《無法掩藏的時候》收錄了作者醫學院七年學生生涯中的見聞行思，那些點滴凝結成文字，落筆成詩，傳遞歲月遞嬗以及情思的流動。

漂鳥集〔中英雙語版〕 泰戈爾 著 糜文開 譯

《漂鳥集》為印度詩哲泰戈爾享譽世界的佳作之一，完成於一九一六年。在這三百餘首短詩中，泰戈爾以清麗抒情的筆調，歌頌大自然的壯闊、體會人生的哲理、抒發對社會的反思、道出對人類的愛，隻字片語中蘊含了無限的哲思與智慧。

國家圖書館出版品預行編目資料

泰戈爾詩集／泰戈爾著;糜文開,裴普賢,糜榴麗譯.--
-三版一刷.--臺北市:三民,2020
　　面;　　公分.--（經典文學）

　ISBN 978-957-14-7003-0 (精裝)
　ISBN 978-957-14-6970-6 （平裝）

867.51　　　　　　　　　　　　　109015495

泰戈爾詩集（下）

作　　　者	泰戈爾
譯　　　者	糜文開　裴普賢　糜榴麗
發 行 人	劉振強
出 版 者	三民書局股份有限公司
地　　　址	臺北市復興北路 386 號 (復北門市)
	臺北市重慶南路一段 61 號 (重南門市)
電　　　話	(02)25006600
網　　　址	三民網路書店 https://www.sanmin.com.tw
出版日期	初版一刷 1963 年 4 月
	重印二版七刷 2019 年 1 月
	三版一刷 2020 年 12 月
書籍編號	S860080
I S B N	978-957-14-6970-6

三民書局